우즈 강가에서
울프를 만나다

우즈 강가에서
울프를 만나다

정진희 수필집

연암서가

청소년 시절, 삶이 고달팠다기보다 불가사의한 생을 이해할 수 없어 종교에 몰두한 적이 있었습니다. 알 수 없는 힘에 이끌려 3일 단식기도를 하고 성령과 환상의 세계를 체험했었지요. 그것은 오랫동안 저를 행복하게 했습니다. 중년의 나이가 되어 시작한 마음 수행은 내 안의 성령과 어둠과 무의식을 바라보게 하고, 모든 것이 내 마음 안에 있음을 깨닫게 했습니다. 공통점은 둘 다 온 몸과 마음이 깃털처럼 가볍고 편안하다는 것이었습니다.

글쓰기를 하면서 비슷한 체험을 합니다. 세상을 향했던 시선이 내 안의 근원적인 존재와 섞여지는 동안, 지난날의 잘못과 어리석음과 상처들이 아우성치며 달려 나왔습니다. 뼈아픈 반성과 후회와 절망을 통과한 사유가 삶의 진실을 향하면서, 묵은 상처가 치유되고 맑고 건강한 본성이 회복되는 것을 느꼈습니다. 그리고 삶은 불가사의한 것보다 인과응보가 더 많이 작용하는 게 아닐까 생각이 들더군요. 그것은 작가들과 성공한 분들을 인터뷰하면서 그들의 삶의 방식에서도 느낀 것이지만, 제 부족한 글쓰기 작업 앞에 더욱 통렬히 깨닫게 되었습니다. 그러니 글쓰기 또한 수행의 일부분임을 확인하면서 생의 진리를 향해 가는 길은 여러 갈래라는 생각을 해봅니다. 하지만 글쓰기란 문학의 본령에 깃들어 있는 작업이므로 문학의 역할이 '한 개인의 체험에서 시작해 공통의 가치를 재건하는 것'이라고 할 때, 저의 글쓰기는 여전히 미흡하고 연마단계임을 고백합니다. 다만, 문학은 우리 아닌 다른 사람들이나 우리의 문제 아닌 다른 문제들을 위해 눈물을 흘릴 줄 아는 능력을 길러 주고 발휘할 수 있도록 해준다는, 수전 손택의 말에 기대어 일말의 위안을 얻습니다. 세상과 생명을 향한 연민과 진심은 언제나 출렁이고 있으니까요.

1장과 2장은 주로 제 개인적인 이야기들입니다. 살아온 날들과 살아가며 체험한 것들을 통한 고백과 성찰의 장이지요. 수필가 김진섭은 수필만큼 단적으로 쓴 사람 자신을 표현하는 문장은 없을 것이라고 했습니다. 인간 정진희가 고스란히 드러나는 이유입니다. 3장은 사랑 이야기들을 모았습니다. 그동안 경험한 사랑을 바탕으로 제가 생각하는 사랑의 정의를 영화, 동물, 수필 등의 상관물을 통해 나름 정리한 거지요. 4장은 그동안 여행한 곳 중에서 특별한 장소나 행사, 작가들을 소개하고 있습니다. 투우, 에든버러 페스티벌, 버지니아 울프 등. 5장은 우리나라 문단의 유명 작가 네 분을 만나 그들과 나눈 이야기입니다. 일가를 이룬 분들의 삶과 문학세계를 함께 나눠 보고픈 뜻입니다.

두 번째 책을 묶으며 감사한 것들이 너무 많아 자주 코끝이 매웠습니다. 특히 제 삶에 기둥이 되어 주시고, 다리가 되어 주시고, 지붕이 되어 주신 스승님들에 대한 감사입니다.(자세한 것은 「저는요……」 편에 기록) 그리고 가족과 이웃에 대한 감사입니다. 지천명을 넘기면 세상 이치에 달통하여 지혜롭고 우아한 여인이 될 줄 알았는데 여전히 어리석고 실수투성이네요. 그럼에도 넘치는 사랑을 받는 것 같아 점점 빚쟁이가 돼 가고 있습니다. 죽기 전에 개인파산을 면하려면 좀 더 분발해야겠다는 생각입니다.

여름의 절정인 7월입니다. 텃밭에선 야채와 과일이 옹골차게 익어가고 있습니다. 자연의 신비이고 위대함이지만, 정성스런 손길 탓도 있다 여기니 괜히 보람되고 즐거워집니다. 사는 일도 이와 다르지 않겠지요? 제가 내딛는 오늘의 한 걸음 또한 마지막 문을 향한 정성과 분발의 몸짓이라 믿고 싶습니다.

2015년 7월 고골리 누옥에서

정진희

차례

1장

나는 바람입니다

모든 것을 다 가지고 무엇이든 다 이룰 수 있다면 생은 얼마나 시시하겠습니까. 이루어질 수 없는
것들은 나를 절망하게 하고 때론 목 놓아 울게 하지만, 또한 간절히 기도하게 하고 열망과 고뇌의
시간들로 나를 키우나니……. 나는 욕망의 다리에도 묶이지 않고 무심의 그물에도 걸리지 않는 바
람입니다.

나는
바람입니다

　나는 바람입니다. 소리로 존재하는 나는 바다를 끌어안고 파도를 일으키며, 숲 우거진 계곡에서 바위를 만나 계곡물과 어울려 조잘대고, 때로는 대나무의 결기와 인고의 세월을 소리로 전하기도 합니다. 교회 첨탑의 종소리를 불 꺼진 움막까지 실어다 주고 새들의 울음소리를 숲속 가득 실어 나르며 밤새 뒤척이는 개울물 소리에 기대어 함께 울 때도 있지요. 당신은 문득 누군가 당신 곁에서 울고 있는 듯한 느낌이 든 적 없었나요? 내 손길이 닿는 빈 곳의 가락은 울음이 되거든요. 봄바람에 꽃잎이 비처럼 떨어질 때, 물기 하나 없는 낙엽이 발밑에서 부스스 부서져 갈 때, 어느 겨울 밤, 가로등 아래 흰 눈만 흩어져 내릴 때, 그럴 땐 내가 당신을 찾아간 것이라는 걸 기억해 주기 바랍니다.

나는 바람입니다. 누가 심지 않았어도 쑥쑥 자라나는 이름 모를 꽃과 나무들, 당신의 집 마당가에 핀 민들레도 내가 홀씨를 전해 준 것이지요. 병약한 당신이 지친 심신을 달래며 가꾸는 정원을 나는 지켜보았습니다. 자연 속에서 순환의 이치를 보며, 좋은 일도 나쁜 일도 오래가지 않음에 고개 끄덕이는 당신과 나는 함께 있었답니다. 그러니 싹이 나고 풀잎이 눕고 꽃대가 흔들리며 당신의 창가에서 풍경이 우는 것도 그냥 우연히 일어난 일이 아닙니다. 오래전부터 당신을 기억하고 그리워한 내가 찾아간 것이지요.

나는 바람입니다. 머무는 듯 흐르지요. 흐르는 나는 기다려도 오지 않는 것들과 기다리지 않아도 오는 것들 사이에 놓인 다리랍니다. 폭풍의 언덕에서 폭풍 같은 사랑을 나누었던 히스클리프와 캐서린의 사랑이 생각납니다. 폭풍 같은 사랑일지라도 운명이 허락지 않은 사랑은 어긋났고, 어긋난 사랑은 기다리지 않아도 분노와 증오를 데려와 한 영혼을 파멸로 이끌었지요. 그 병든 영혼을 위해 내가 할 수 있었던 것은 캐서린의 영혼을 불러 주는 것이었습니다. 밤새 캐서린을 부르는 히스클리프를 위로하기 위해 나는 워더링 하이츠 저택 이층 창가에 캐서린을 데려다 주었습니다. 사랑이란 잃음으로써 오히려 완성되는 것이라고 그에게 전할 수 있었다면…… 그러나 그렇게 목숨 건 지독한 사랑이 있어 아무도 함부로 사랑했단 말을 못하는 것 아닐까요.

　나는 바람입니다. 흐르는 듯 머물지요. 머무는 나는 말로 다 할 수 없는 것에 대한 침묵과 다시 볼 수 없는 것들에 대한 기다림 사이에 놓인 그물입니다. 버지니아 울프가 신발을 벗고 들어갔던 우즈 강가를 떠올립니다. 시대를 앞서간 한 여자를 집어 삼킨 강물 위에, 우아한 자태로 노닐던 백조들과 그런 일일랑 모르는 일이라고 시치미를 떼듯 적막으로 둘러쳐진 곳에, 숨 막힐 것 같은 진공 속에 나는 있었지요. 그런 처참한 일을 보았던 내가 어찌 무슨 소리를 낼 수 있을까요. 오직 침묵하며 기다릴 수밖에요. 그러나 오지 않을 것을 기다리는 것이 꼭 슬프지만은 않답니다. 기다린다는 것은 그리워한다는 것이고 그리워한다는 것은 그와의 추억이 남아 있다는 것이라고 하더군요. 그녀가 몽크스 하우스 정원을 가로질러 이 강가까지 산책할 때면 그녀 주위로 번지던 신비롭고도 매혹적인 공기를 잊을 수가 없답니다. 그녀의 체취가 남아 있는 강가엔 삶의 비루함과 사랑의 덧없음과 그녀를 그리워하는 이들의 애도가 여전히 깔려 있었지요. 하염없이 앉아 있던 당신도 내가 쳐놓은 그리움과 기다림의 그물을 아마 보았을 것입니다.

　나는 바람입니다. 내게도 다다를 수 없는 경지가 있고 이을 수 없는 인연이 있습니다. 서쪽 하늘을 고요하게 물들이는 노을이 그러합니다. 다가갈 수도 없고 흔들 수도 없으며 소리조차 흡수해 버리는 절대 고독의 존재. 아, 이 황홀한 비극이라니. 모든 것을 다 가지고 무엇이든 다 이룰 수 있다면 생은 얼마나 시시하겠습니까. 이루어질 수 없는 것들은 나를 절망하게 하고 때론 목 놓아 울게 하지만, 또한 간절히 기도하게 하고 열망과 고뇌의 시간들로 나를 키우나니……. 나는 욕망의 다리에도 묶이지 않고 무심의 그물에도 걸리지 않는 바람입니다.

세상 만물처럼, 당신과 그대들처럼, 그저 인연 따라 왔다가 인연 따라 갈 뿐. 그러니 당신을 찾아 내가 오거든 먼 곳에서 전하는 소식에 귀 기울여 주시고, 내가 머물거든 내게도 숨 쉬기 힘든 아픔이 있다는 걸 알아주시고, 내가 가거든 나를 기억하지 말아 주십시오. 내가 왔던 곳으로 돌아간 것이니 언제든 당신이 부르면 다시 달려올, 나는 당신의 바람입니다.

내 안에
신들이 산다

    나이 탓인가? 푸석푸석한 머리카락처럼 감성의 수분기도 점점 증발하고 있다. 기쁜 일이 있어도 슬픈 일이 있어도, 훌륭한 경치를 봐도 멋진 음악을 들어도, 크게 마음의 동요가 없다. 평안이 아니다. 감정 전선에 빨간 불이 켜진 것이다. 음, 그럴 수 있지. 음, 좋군. 멋지네. 사랑? 뭐 금방 변할 텐데. 이별? 시간이 약이지. 있으면 좋고 없으면 말고 식의 체념 반 무관심 반이 이끄는 감정의 사막화가 서서히 진행되는 것을 느낀다. 이렇게 가다가는 분명 누구와도 다툴 일 없는 무력한 평화에 질식할 것 같다는 예감이 들던 어느 날, 한 편의 영화가 내게 경고장을 날렸다.

〈이퀼리브리엄〉은 미래 SF 액션 영화로 인간의 '감정'을 다루고 있다. 제3차 세계대전이 끝난 후 살아남은 자들 중 '리브리아'라는 도시를 건설한 최고 지도자가 있다. 그는 전쟁의 원인을 인간의 감정 때문이라 규정하고 감정을 통제하는 프로지움이라는 약을 개발해 모든 시민들에게 정기적으로 투여하는 독재를 펼친다. 이에 반대하는 집단을 찾아 박멸하는 성직자 계급으로 그라마토 클레릭이 등장한다. 주인공 프레스턴은 충직하고 유능한 클레릭이다. 그는 어느 날 우연히 아침 투약분을 깨트려 먹지 못하면서 약간의 감정을 느끼기 시작한다. 그러다 제보를 받고 반군 지역에 진입해 감정이 있는 사람들을 처형하던 중 한 여인을 만난다. 사랑이 없고 분노나 슬픔이 없다면 산다는 것은 시곗바늘과 같을 것이라고 말하며, "사는 이유가 뭐죠?", "삶의 의미가 뭐죠?"라는 그녀의 질문에 그는 흔들린다. 또 다른 반군 지역을 진압하던 중 명화, 도자기, 축음기 등의 예술품을 감춰 놓은 비밀장소에서 그는 드디어 복받치는 감정을 수체하지 못하고 주저앉는다. 베토벤 교향곡 9번 〈합창〉 1악장 앞부분이 조용히 흐르고 주인공의 눈에 눈물이 흐른다. 그는 약을 완전히 끊고 반군과 힘을 합해 정부군을 몰아낸다.

크게 보면 권선징악이고, 만화 같은 스토리에 무협지 같은 무술이 난무하는 영화였지만 전달하고자 하는 메시지가 어찌나 심오한지 (적어도 내게는) 오랫동안 여운이 떠나지 않았다. 불행의 시작은 인간의 감정 때문이니 불행의 씨앗을 제거하면 모두가 평등하고 질서 있는 사회가 올 것이라는, 전쟁이 인간의 폭력적인 본성에서 싹텄으니 그것을 없애면 전쟁이 사라질 거라는 가상 시나리오가 참신했다. 전쟁이 사라진 세상은 동시에 기쁨도 행복도 사랑도 사라져버린 죽은 사회임을 영화는 역설적으로 보여 주고 있는 것이다. 따라서 인간의 감정은 삶의 원동력이고 존재의 의미임을 일깨워 주고 있다. 그리고 악을 없애면 선만 살아남는 것이 아니라 남은 선이 또 다른 악을 거느리게 되는 것을 보여 주고 싶었던 것 같다. 전쟁을 막기 위해 감정을 통제하는 약을 강제적으로 투여하는 과정에서 끊임없이 전쟁을 치러야 하는 장면은 삶의 모순을 들여다보게 된다.

이분법으로 나눌 수 없는 세상과 인간의 감정에 대한 통찰이 사이보그 같은 크리스찬 베일의 얼굴과 함께 묘한 대조를 이루는 영화 〈이퀼리브리엄(Equilibrium)〉. 그 뜻이 '균형'을 의미하는 것처럼 칠정(희로애락애오욕)을 적절히 사용하고 분배하는 것이 인간다운 삶이라고 말하는 것 같다. 또한, 베토벤의 음악에 완전히 감정을 회복하는 주인공을 통해 예술이야말로 감정의 모태이며 출발점임을 암시하고 있다. 오래전 대영박물관을 방문한 카잔차키스가 그리스관 앞에서 "삶과 예술을 완성하는 위대한 비밀이 곧 균형 감각임을 깨달았다."고 한 말은 이 영화의 핵심을 대신한다. 슬픔, 고통, 분노 등이 억압되면, 기쁨도 즐거움도, 희망도 사랑도 동시에 사라진다는 쉽고도 뼈아픈 삶의 진실을 통해 나를 돌아보게 했던 시간이었다.

인간의 본능과 욕망을 충실히 보여 주는 그리스의 신들 중에 감정의 신들이 있다. 고통과 슬픔의 신 새드(Sad), 불만의 신 모모스(Momus), 불화의 신 에리스(Eris), 사랑과 열정의 신 에로스(Eros), 기쁨과 광란의 신 디오니소스(Dionisus) 등은 21세기를 사는 우리 안에 여전히 꿈틀대고 있다. 그러나 언젠가부터 내 안의 신들이 별로 기운이 없었다. 삶이 내 뜻대로 살아지지 않으면서부터였나 보다. 불화와 불만으로는 얻는 것보다 잃는 것이 많았고, 사랑과 열정에 눈멀었다가 고통과 슬픔에 푹 절여졌는가 하면, 기쁨과 광란의 순간은 영원하지 않았으니. 그리하여 화해와 소통을 위해 노력하고, 상처받지 않을 만큼의 사랑과 후회하지 않을 만큼의 열정으로 살아가게 된 것 같다. 그뿐인가. 억울해도 불이익을 당할까 봐 참고, 싫어도 좋은 척, 몰라도 아는 척, 없어도 있는 척, 괴로워도 행복한 척한 것은 얼마나 많았던가. 자신의 감정을 숨기는 가면을 쓰면서부터 어른이 된다고 하지만, 가식이 지나치면 건조해지고 삶의 의미가 퇴색된다. 영화 〈이퀼리브리엄〉은 감정의 신이 사라진 죽은 사회를 보여 주며, 내게 감정의 균형을 잡으라고 경고한다. 좀 더 솔직해지고 좀 더 당당해지고 좀 더 열정적이어야 한다고 나를 다그친다.

　'춤추라 아무도 바라보고 있지 않은 것처럼. 사랑하라, 한 번도 상처받지 않은 것처럼. 노래하라, 아무도 듣고 있지 않은 것처럼. 일하라, 돈이 필요하지 않은 것처럼. 살라, 오늘이 마지막인 것처럼.'이라고 한 알프레디 수자의 노래가 들려온다. 가슴을 풀어 헤쳐 신들의 이름을 하나씩 불러본다. 여전히 내 안에는 신(神)들이 산다.

등에 대하여

　그 남자의 등이 휘어 있다. 고개를 숙이고 어깨마저 웅크리고 있으면 마치 작은 언덕 같다. 그는 동네 골목 안 조그만 가게에서 옷 수선을 한다. 처음 수선할 옷을 가지고 갔을 땐 그의 등이 그렇게 휜 것을 몰랐다. 어느 더운 날, 문을 열어놓고 재봉틀 앞에 앉은 그의 옆모습을 보고서야 눈을 의심할 만큼 등이 휜 것을 알았다. 오십 대 중반으로 보이는 사내가 재봉틀로 먹고 사는 것이 안쓰러워 나는 수선할 것이 생기면 신이 났다. 하루는 지나가다가 음료수를 내밀며 "등 좀 펴고 일하세요."라고 말을 걸었다. '등이 휠 것 같은 삶의 무게여'라는 노랫말이 있었던가. 그래도 설마 삶의 무게에 등이 휠 거라고는 생각하지 못했다. 그는 부모 형제를 먹여 살리고 아내와 자식을 건사하느라고 열다섯 살 때부터 하루 열 시간 넘게 재봉틀에 매달리다 보니 등이 그렇게 휘어버렸다며 웃었다.

거울로 내 등을 비춰본다. 한 번에 보이지 않아 이쪽저쪽으로 반씩 나눠 보았다. 오십 년을 넘게 살아오면서 내 등을 유심히 들여다본 것은 처음이다. 그런대로 곧다. 삶의 무게가 등이 휠 정도는 아니었나 보다. 그런데 앗, 내 등이 낯설다. 거울 없인 절대로 내 눈으로 볼 수도 없고 내 몸에서 내 손이 모두 닿지 않는 유일한 곳이다. 내 몸이지만 내 손이 관리할 수 없는 영역이며 모든 치장에서 철저히 소외되어 있다. 가깝고도 아주 먼 곳에 등불 하나 없이 방치된 고립무원의 장소, 섬이다. 작은 몸뚱어리 안에 어쩌자고 이토록 넓은 여백이 있는 것인지. 거울로 반사되는 나의 뒷목에서 엉덩이까지, 낯설게 흘러내린 등줄기를 따라 일제히 소름이 돋는다. 취기나 방황으로도 다스려지지 않는 외로움, 온몸을 떠다니던 그리움의 찌꺼기, 부르지 않아도 달려드는 절망과 비애, 비어 있는 가슴을 텅~ 울리고 가는 슬픈 기억들, 내가 감당해야 할 삶의 무게와 이루지 못한 욕망의 잔해들이 쌓인 듯, 쓸쓸한 바람이 함께 쓸려간다.

이제야 알겠다. 사람들의 등이 왜 그리 쓸쓸해 보였는지. 성공한 사람일수록 그들의 등이 더 쓸쓸하게 보이는 것은 욕망이 큰 만큼 쓸쓸함도 커지기 때문인 것 같다. 섹시함도 쓸쓸함을 먹고 자라나

보다. 누군가 보아 주지 않으면 의미가 없으니까. 요염한 자태로 등을 훤히 내놓은 여배우들의 관능적인 등줄기에도 늘 쓸쓸함이 묻어 있었다.

남편을 잃고 기독교에 귀의한 엄마는 하루에 다섯 시간씩 기도를 했다. 내가 결혼한 후에 우리 집을 다녀 갈 때도 거르는 적이 없었다. 어느 날 엄마의 기도 시간인데 늘 통성기도를 하는 엄마의 목소리가 들리지 않아 방문에 귀를 바짝 갖다 대었다. 흐느낌 같은 소리가 들려 나는 베란다를 통해 엄마의 방을 들여다보았다. 벽을 향해 꿇어앉은 엄마의 등이 흔들리고 있었다. 신앙으로도 채워지지 않는 고독과 설움이 함께 떨리고 있었다. 뻐근한 통증이 나의 횡경막을 가르며 지나갔다. 그때 처음으로 사람의 온 삶이 등에 축적돼 있음을 보았다. 마지막으로 엄마의 등을 본 것은 그로부터 한 달여 뒤였다. 응급실에서 입원실로 옮긴 엄마가 옆으로 누워 낮잠에 들었다. 칠십 평생 중 이십여 년을 오직 기도, 오직 믿음으로 살아온 엄마의 등에선 천사의 날개라도 펴진 듯 숭고함이 느껴졌다. 나는 엄마의 등 뒤에 잠시 피곤한 몸을 뉘였다. 그리고 그것이 마지막이었다. 온 삶을 짊어지고 죽는 순간까지 내게 기댈 자리가 되어 주었던 엄마의 등을 나는 오래 안고 있었다.

얼굴이 하루에도 열두 번씩 가면을 바꿔 쓰며 살아가기에 열중하는 동안, 등은 모든 역할을 묵묵히 지켜봐 주고 기다려 준다. 계산되지 않고 포장되지 않은 세계가 정직하게 얹혀 있는 등, 그곳에 신은 인간에게 가장 위대한 선(善)을 심어 준 것 같다. 우주를 업듯 누군가를 업어 주고 지친 영혼들이 쉬어 갈 수 있도록, 그렇게 넓은 여백을 마련해 준 것 아닐까. 그런데 어느덧 신이 심어 준 날개는 퇴화되고 등은 삶의 찌꺼기가 퇴적된 곳이 되어 버렸다.

그럼에도 누군가에게 기댈 언덕이 될 수 있는 것은 등이 가진 거부할 수 없는 포용력이다. 말없는 사랑법이다. 가슴으로 안는 포옹은 가벼운 인사이거나 진한 애정의 표현이지만 등 뒤로 안겨오는 포옹은 깊은 신뢰의 몸짓이기 때문이다.

삶에 따라 바뀌는 것은 얼굴만이 아니다. 등에서도 그 사람의 삶이 묻어난다. 내 등이 낯설었던 것은 아무에게도 따뜻한 언덕이 되어 주지 못한 이유이리라. 지금부터라도 마음의 품은 늘이고 욕심은 줄이며 보다 부드럽고 신축성이 좋은 옷감으로 마음도 수선을 해야겠다. 누군가 내 등 뒤에 와 젖은 얼굴을 묻을 수 있도록, 신이 주신 날개가 펴질 수 있는 등이 되고 싶다. 온 가족의 언덕이라는 옷 수선집 남자의 휘어진 등이 떠오른다. 성실한 고단함과 진정한 겸손함이 묻어나는 그 등에도 언젠가 천사의 날개가 펴지리라 .

주먹

손목뼈에 금이 가 한 달 넘게 석고붕대를 하고 나니 손가락이 굳
었다. "이러다간 평생 주먹을 못 쥐어요." 의사가 으름장을 놓는다.
물리치료와 운동을 한 지 석 달째인데도 여전히 주먹은 쥘 수가 없
다. 손가락 끝이 손바닥에 닿지 않는 것이다. 뼈는 천천히 붙어도 되
지만 빠른 시일 내에 손을 못 쥐면 영영 주먹을 쥘 수 없다고 한다.
잠시라도 손을 펴고 있으면 편대로, 쥐고 있으면 쥔대로 굳어져 움
직일 때마다 뼈 마디마디와 근육이 아프다.

손가락 접기와 펴기 운동을 하다가 안 다친 오른쪽 손으로 주먹을
쥐어 봤다. 날렵하고 가뿐히 손바닥에 손가락 끝이 파묻히도록 쥐어

진다. 그런데 이렇게 하고 뭘 했을까를 생각하니 기억나는 것이 가위바위보 놀이 밖에 없다. 더구나 왼손으로 한 일은 하나도 없는 것 같다. 그렇다면 설령 왼손이 완전히 안 쥐어진대도 뭐가 대수이랴. 아니, 약간의 장애로 평생 엄살을 떨어도 그리 나쁘지 않을 것 같다는 꾀마저 든다. 그뿐이랴. 옛 성인은 몸에 병 없기를 원하지 말라며 그 병고로써 양약을 삼으라 했다. 몸의 불편으로 늘 조심할 수도 있으며, 또 그 불편으로 마음의 불편을 잊을 수도 있지 않을까 생각하니 일석이조의 효과이다.

'주먹'이란 손의 모양 말고도 폭력이나 폭력배를 지칭하며 '힘'을 상징하기도 한다. '주먹이 세다'든가 '주먹패'라고 쓰이니 말이다. 그래서인지 주먹이라는 단어를 불러보면 심장이 잠시 멈춘 듯 먹먹한 통증이 느껴지고, 계곡에서 바윗돌이 굴러 떨어지는 소리가 들리는 것 같고, 내 몸 어딘가 그 바위에 쓸린 듯 비릿한 피 냄새가 나는 것 같기도 하다.

뜻대로 풀리지 않는 삶에 분노한 누군가의 절규나 다시 오지 않을 것들에 대한 때늦은 후회가 새겨져 있을 것 같은 주먹. 단단한 듯 보이나 열어보면 어린애처럼 연약하고 텅 빈 들판처럼 비어 있는, 때론 참혹하고 때론 서글픈, 삶의 쓸쓸한 뒷모습 같은 주먹을 바라본다.

내가 기억하는 최초의 주먹은 작은 오빠의 주먹이다. 집안의 가장인 큰오빠를 대학에 보내느라 작은오빠는 낮엔 일하면서 야간 고등학교를 다녔다. 공부도 잘하고 그림도 잘 그리고 효자였던 그가 어느 날 엄마와 다툼 끝에 울면서 주먹으로 벽을 쳤다. 누렇게 바래고 들뜬 벽지 속에서 흙이 부서져 내리는 소리가 들렸다. 열 살이었던 나는 오빠의 주먹보다 벽이 부서질까 봐 더 무서웠다. 오빠의 빨개진 주먹 위로 눈물이 떨어졌다.

내가 기억하는 감동의 주먹은 내 아기의 주먹이다. 금방 세상에 나온 아기는 주먹을 꼬옥 쥐고 있었다. 세상과 맞장이라도 뜨려는 것인지, 움켜쥔 주먹은 경이였다. 손가락을 한 개씩 펴보니 그 속엔 거미줄 같은 운명이 들어 있었다. 하늘의 비밀이 세세하게 기록된 흔적을 따라 촉촉이 물기가 배어 있던 손금. 천기누설이라도 한 듯 꽃잎처럼 화르륵 닫혀버리던 아기의 주먹을 보며 놀라움과 슬픔이 교차했다. 누구나 이렇게 덤빌 듯 주먹 불끈 쥐고 생을 시작하지만 떠날 땐 누구나 펴고 가는 게 인생 아니던가.

옛날 어느 부잣집 양반은 자신이 죽으면 상여의 양쪽으로 구멍을 내어 자신이 빈손으로 가는 것을 보여 주라고 유언을 남겼다. 그 양반의 상여 양쪽으로 손 두 개가 나왔다. 하늘을 향해 펴져 있는 손은 비어 있었다. 공수래공수거. 아무것도 못 가져간다는 것이다. 손으로 움켜쥔 것은 살아있는 동안만 유효하다.

오마르 워싱턴은 「나는 배웠다」라는 시에서 인생이란 무엇을 쥐고 있느냐가 아니라 누구와 함께 있느냐가 중요하다고 했다. 무엇을 소유하느냐가 아니라 어떻게 존재하느냐가 중요하다는 것이다. 그것은 어떻게 살 것인가라는 뜻이다. 주먹을 펴야겠다. 주먹을 쥐면 불통이고 펴면 소통이다. 주먹으로는 화해의 손길도 내밀 수 없고 누군가의 머리를 쓰다듬거나 등을 두드려 줄 수도 없다. 아픈 이의 이마에 손을 얹는 것도 사랑하는 사람을 안는 것도, 누군가를 위해 기도를 하는 것도 주먹을 펴야만 할 수 있다.

　팔 끝에 달린 것만 주먹이 아니다. 마음에도 주먹이 있다. 보이지 않는 것들을 움켜쥐는 것은 마음의 주먹이다. 손의 주먹은 펴고 마음의 주먹을 쥐고 있다면 무슨 소용인가. 나의 주먹이 굳어 있는 동안 내 마음의 주먹도 굳어 있었던 것은 아닌지 돌아본다. 그리고 세상과 당신을 향한 내 몸의 전초기지인 주먹이 언제나 유연하게 펴질 수 있도록 굳어진 손가락의 뼈와 뼈 사이를 오늘도 열심히 문지른다.

(강원대학교 국문과 교재 『창의적 글쓰기와 말하기』에 수록)

안개 속에서

　내가 안개를 좋아하기 시작한 것이 언제부터인지는 잘 모르겠다. 가장 뚜렷한 기억은 30대 초반, 지금은 헐리고 없어진 삼일 고가도로 위 출근길에서였다. 그곳에서 가끔 안개를 만났다. 하루를 시작하는 팽팽한 긴장감으로 활시위처럼 당겨져 있던 몸과 마음이 안개 속에서 편안함을 느꼈던 것 같다. 처음엔 운전을 방해하는 뿌연 대기에 당황했지만 곧 모든 시야로부터 차단된 듯한 자유로움이 나를 편안하게 했다.

　하얀 커튼이 둘러쳐진 것 같은 안개 속으로 미끄러져 들어갈 때는 신비함과 두려움이 교차되었지만 막상 들어서고 보면 늘 최악은 아니었다. 최소한 앞 차도 보이고 가까운 주변도 식별이 가능했기에 서울에 내려지는 안개주의보는 내게 시시했다. 그래도 안개가 자욱한 길에 들어선다는 것은 잠시라도 불분명하고 부정확한 세계에 머무를 수 있어 그런 것들이 절대 용납되지 않는 현실 속에 살고 있는 내게 편안함을 주었다. 숨 막힐 듯 정확하고 일거수일투족이 만천하에 명명백백 드러나는 은행 일에 대한 압박감에서 벗어나 위로를 얻었던 것이다. 어린 날 다락방에 혼자 누워 있었을 때처럼 자유보다 더 필요했던 고립에의 열망을 잠깐이라도 맛보게 해주었던 것이 내겐 안개였다.

40대 초반, 건강상의 이유로 잠시 서울을 떠나 K시에 머물렀던 적이 있다. 서해 바다에 인접한 신흥도시는 야트막한 산 아래로 아파트를 품고 있었다. 개발이 덜 된 주변은 온통 산과 들이 어우러진 시골이었고 아파트 앞으로 넓게 펼쳐진 농지는 녹색 정원처럼 평화로웠다. 집 안에선 그 농지 너머 도로 위를 오가는 자동차의 행렬만이 내가 볼 수 있는 유일하게 살아있는 존재였다. 그때 까무룩 내려앉는 육체를 따라 의식조차 가뭇없이 추락해 가고 있던 나를 일으켜 세운 것은 안개였다. 내가 좋아하는 안개가 아슴아슴 피어 오른 아침이면 온몸으로 그 기운을 느끼고 싶어 집을 나섰다. 만질 수도 잡을 수도 없지만 분명 존재하는 그것은 비릿한 바다를 품고 내게 휘감겨 들었다. 마치 사랑처럼, 참을 수 없는 존재의 가벼움처럼, 중독처럼 내 표피에 그렇게 닿았다.

차갑고 축축한 기운을 따라 흐릿한 세상 속을 무작정 걷다 보면 내가 안개인지 안개가 나인지 모를 지점쯤에서야 햇살이 나를 놓아 주었다. 안개가 찾아오지 않는 날은 안개를 몰고 오는 바닷가 항구에서 하염없이 안개를 기다리기도 했다. 그렇게 바다 냄새를 맡고 농로를 걷고 산 속을 쏘다니며 나는 서울에서의 기억을 지워 갔다. 사람이 사람으로 느껴지지 않고 벽으로 느껴지던 그 절망감, 막막함이 허물어지고, 누군가 목울대를 움켜쥔 듯 숨 막혔던 날들이 길 위에서 맥없이 풀어져 갔다. 철저한 고립의 시간들이 쌓여 비로소 온몸으로 자유가 받아들여지던 날들이었다. 그 도시가 김승옥의 '무진'처럼 안개가 명산물인 것을 알게 된 것은 겨울이 지나고 모내기철이 되어서였다. 여태껏 보지 못했던 지독한 안개였다.

어느 날, 아침에 일어나 침대에 걸터앉은 나는 이상한 기운을 느꼈다. 누군가 나를 노려보고 있는 느낌이랄까. 불길한 마음으로 시선을 옮기는 순간, 소스라치게 놀랐다. 흰색의 불투명한 밝음이 삼켜버린 창밖의 세상은 암흑만큼이나 위협적이었다. 당황하여 거실로 뛰쳐나가 큰 창 앞에 섰을 땐 가히 공포스러웠다. 마치 외계의 성에 불시착한 듯, 눈앞엔 온통 흰 색뿐이었다. 산도, 들판도 하늘도 모두 집어삼키고 내가 있는 곳은 순식간에 섬이 되었다. 믿을 수가 없었다. 다른 사람을 만나야 했다. 거리로 뛰쳐나갔다. 아무것도, 아무도 없었다. 바로 앞에 있던 상가도, 오가는 사람도, 그 뒤로 펼쳐져 있던 산도 모두 사라졌다. 여태껏 누렸던 자발적 고립과는 달랐다. 집으로 돌아와 벽에 등을 대고 쭈그려 앉았다. 무서웠다. 백색이 집어 삼킨 세상, 백색의 공포 앞에 나는 오금을 펼 수가 없었다. 그리고 나는 알았다. 강제된 고립, 강제된 자유는 오히려 억압이라는 것을.

사실 K시에 머물면서 나는 나를 알고 있는 사람들로부터 소외된 것이 아닐까? 지금 이 잠깐의 자유를 얻는 대신 궤도에서 이탈한 것이 아닐까? 하는 불안이 있었다. 그러나 다시 억압과 굴레뿐인 현실로 돌아가고 싶지 않다는 바람이 더 컸다. 모든 것을 포기하더라도 '자유'를 쟁취해야 한다고 전의를 다졌던 것 같다. 안개 속을 걸으며 허약한 내면으로부터 새로운 힘이 솟아나는 것을 느꼈다. 그토록 지독한 안개와 마주치기 전까지는.

공포스런 안개가 만들어 낸 강제된 고립 속에서 한 마리 짐승처럼 웅크리고서야, 아주 오래 내 안의 나를 응시하고서야, 나는 내가 원하는 진정한 자유의 정체를 보았다. 그것은 외부에 있는 어떤 물리적인 조건이나 환경이 아니라 내 안에 이미 존재하고 있는 것이었다. 그것을 예수는 '진리'라 했고 부처는 '불성'이라 했으며 노자는 '자연'이라 했던가. 차츰 헝클어진 심연의 질서가 정연해지고 우주를 거머쥔 듯 두려움이 사라져 갔다. 지난날 안개 속에서 느꼈던 편안함은 도피였을 뿐, 내 마음의 실체와 정면 대결할 수 있었던 것은 지독한 안개가 준 강제성 덕분인 것이다.

일 년의 자발적 고립의 시간을 끝내고 나는 서울로, 기존의 궤도로 다시 진입했다. 사는 게 답답한 날이면 K시의 명산물, 그 지독했던 안개를 떠올려 보곤 한다.

어떤 여행

　도망치듯 집을 나섰다. 세월이 눈치 채고 달려와 붙잡으면 다시 늪으로 가라앉을 것 같은 절박감에, 아주 멀리 가야 한다는 마음으로 차의 액셀러레이터를 힘껏 밟았다. 창밖엔 스산한 빈 들판이 겨울 준비를 하고 있다. 만물의 결실을 이루고도 자신이 했다 하지 않으며, 또 자신의 소유로도 삼지 않는 자연이 모두 비워내는 중이다. 인생의 사계절 중 지금 내가 서있는 이 자리는 어디쯤일까. 가슴의 뻐근한 통증이 밀어 올리는 것은 허무였다.

　결혼 후 남편은 한 번도 의심스런 행동을 한 적이 없었다. 아니다.

이제 생각해 보니 내가 그를 한 번도 의심해 본 적이 없었다. 세상에 대한 얼마간의 회의와 사람들과의 적당한 간격을 절감하면서도 남편에 대해선 예외를 두었다. 오랜 시간이 빚어낸 신의랄까. 어느날, 우연히 그의 휴대폰을 보니 수신과 발신 메시지가 하나도 없었다. 미처 지우지 못한 스팸 메일이라도 한두 통 있는 것이 정상일 텐데…… 하는 생각이 잠시 스쳤던 것 같다. 그리고 오늘 아침, 운동간 남편을 기다리다 책상 위에 놓인 그의 휴대폰을 보았다. 심심해서 그냥 열어보았다. 역시 '수신 메시지 없음', '발신 메시지 없음'이었다. 아무리 우연이라고 해도 볼 때마다 비워져 있는 문자함이 이상하다고 느껴지는 순간, 온몸의 신경이 곤두서는 것을 느꼈다. 다행히 발신함 관리에 몇 개의 문자가 남아 있었고, 하나씩 열어보니 일곱 번째 문자가 묘했다. 또한 수신번호가 낯설었다.

일곱 번째 문자 화면에서 통화 버튼을 길게 눌렀다. 문자를 보낸 사람의 전화로 곧장 연결되었다. 신호음이 세 번 울릴 때까지 '설마'와 '역시'가 머릿속에서 티격태격 싸웠다. 딸그락 하는 통화 연결음 뒤로 여자의 목소리가 흘러나왔다. 순간 뇌의 어느 부분에선가 '설마'가 '역시'한테 두들겨 맞는 소리가 났다. 무슨 말을 할 수도, 그렇다고 무례하게 끊을 수도 없어 휴대폰을 망연자실 들여다보며 그녀가 애타게 부르짖는 "여보세요"의 숫자를 세고 있었다. 쓰러져 있는 '설마' 위로 길고 긴 열차가 괴성을 지르며 달려갔다. 여자는 곧 묘한 문자를 보내왔다. 운동에서 돌아오는 남편의 얼굴이 보였다. 나는 그의 손에 휴대폰을 꼬옥 쥐어주고 집을 나섰다.

이젠 남녀 간의 사랑을 믿지 않는 나이가 되었지만, 더 중요한 신뢰를 바탕으로 사회적으로나 경제적으로나 안정된 가정을 이루었다고 생각했다. 적어도 그의 배신으로 무너질 수는 없었다. 젊음과 자유와 꿈을 저당 잡힌 것은 오히려 나였다는 억울함이 울음의 끝을 물고 늘어졌다. 휴게소에서 세수를 하고 문을 나서는데 아! 하늘은 얼마나 푸르고 햇살은 얼마나 눈부신지……. '천지불인(天地不仁)' '천도무친(天道無親)'이란 단어가 떠올랐다.

평일이라 한적한 휴게소 옆 나무 의자에 앉았다. 군데군데 모질게 매달려있는 마른 잎이 눈에 들어온다. 안간힘을 쓰고 있는 것이 마치 내 모습 같다. 떠나야 할 땐 떠날 줄 알고 버려야 할 땐 버려야 다시 또 시작할 수 있는 것인데, 나는 아무것도 버리지 못한 채 등에 짊어지고 힘겨워했다는 생각이 들었다. 모든 것을 이루고도 자신의 공이라 하지 않고 그 이룬 공위에 자리 잡지 않아야 버림받지 않는다고 노자가 말했던가. 그렇구나. 내가 손해보고 내가 희생해서 모든 것을 이루었다는 생각과 그것에 집착하고 소유하려 했던 어리석음이 내 슬픔과 분노의 원인이었구나. 그제야 내 안에 터질 듯 가득한 '내'가, 버려지지 않은 '내'가 초겨울 햇살 아래로 슬금슬금 헤집고 나온다. 마치 나를 기다린 듯, 안간힘을 쓰며 매달려있던 나뭇잎이 그 위로 후루룩 떨어진다. 순간, 마음의 고삐가 힘없이 툭! 끊어지는 소리가 들렸다.

차가 닿은 곳은 감포 앞바다. 인적 없는 곳에 바다를 보며 홀로 앉아 있으니 소금물에 절인 듯 슬픔이 제 풀에 죽어 갔다. 일체의 범접을 허락지 않을 도도함으로 바위를 치고 올라 물보라를 터트리는 파도처럼, 먼 길을 헤엄쳐 돌아와 알을 낳고 죽어 가는 연어처럼, 오직 한 가지만을 위해 목숨을 거는 그들의 비장함이 내겐 있기나 한 것인지……. 늘 내 합리화에 급급하며 살아왔다는 생각이 들자 갑자기 얼굴이 홧홧하게 달아올랐다. 눈앞의 책임과 의무에 매달려 타인의 진정에 귀 기울이지 않고 살아온 내 얼굴로 차가운 바닷물이 마구 튀어 올랐다. 그리고 누군가의 소리가 들려왔다. 내가 네가 아니듯, 너 또한 내가 아님을 인정해야 한다고…….

바닷가 언덕에서 어둠이 번져오는 동해 바다를 바라보았다. 마치 오래 전부터 와야 했던 곳, 내 슬픈 여행의 끝이 '바로 여기'라는 완벽한 충만함에 소름이 돋았다. 격렬한 몸짓으로 출렁이던 한낮의 바다와 저리 담담히 어둠을 받아들이는 바다는 분명 일체일 텐데…….
바라보는 시야의 근원에 따라 이렇게 다를 수가! 그래, 한 걸음 앞만 바라보며 작은 풍랑에도 뒤집힐 듯이 살아왔구나. 눈을 들어 멀리 보니 파도가 바다이고 바다가 파도인 것을. 그저 짧은 시야와 한 생각이 일으키는 소란이었음을, 또 그 누군가가 내 귀에 속삭여 주고 있었다.

점점 바다와 하늘은 한 몸으로 섞여 가고, 밝음 아래 있던 온갖 혼란과 분주함까지 어둠 속으로 스며들고 있었다. 분노조차 무화(無化)되면서 알 수 없는 것들이 내 안에서 뜨겁게 흘러내렸다. 그 덥혀진 공간으로 남편의 모습이 슬그머니 들어왔다. 내 억울함과 피곤함에서 밀려나 미처 알아주지 못한 외로움과 고달픔을 품고 온 그를 가만히 안았다. 부부란 일체나 동체가 아니라 같은 곳을 향해 가는 동반자라는 그 누군가의 말에 고개를 끄덕이며 비릿한 어촌의 밤은 깊어 갔다.

바다 냄새가 코끝에 먼저 달려와 인사하는 아침. 내겐 이미 용서할 것도 용서 받을 것도 남아 있지 않았다. 아침 햇살에 빛나는 바다가 맑고 푸르다. 하늘이 바다에 젖는다.

인생에는
마이너스가 없다

　주로 점심때 가던 음식점을 어느 날 저녁 시간에 가게 되었다. 그런데 똑같은 메뉴에 똑 같은 반찬인데 가격이 거의 두 배였다. 워낙은 저녁 때 받는 가격이 정상인데 점심때 서비스 차원에서 싸게 드리는 것이라고 한다. 서비스 받는다는 기분을 전혀 못 느끼고 먹은 우리가 잘못 된 건지, 식사 값을 계산한 L선생이 "도둑맞은 기분인데?"라고 했다. 그러자 옆에 있던 K선생이 그건 도둑이 아니라 칼 안 든 강도를 만난 거라고 정정했다. 딱히 토론거리가 있어 만난 사이도 아니고 그저 밥 한 끼 같이 먹자고 만났다가 도둑과 강도라는 소재를 붙잡고 무슨 중대사라도 의논할 듯 서둘러 카페를 찾아 들어갔다.

저녁 시간의 찻집은 술집과 달리 맥이 풀려 있었다. 사람들의 표정도 왠지 음울하다. 도둑과 강도에 대해서 토론하려는 우리들의 표정도 그리 밝진 않았을 것이다. 아무튼 오가는 토론과 스마트폰의 검색 결과, 도둑이란 남의 물건을 훔치거나 빼앗는 따위의 나쁜 짓, 또는 그런 짓을 하는 사람이며, 강도는 폭행이나 협박 따위로 남의 재물을 빼앗는 도둑, 또는 그런 행위라는 것이다. 그러니까 그런 음식점의 경우 협박이 아닌 정중함으로 지갑 속의 돈을 덜어 가는 강도님이라고 억지 결론을 내렸다. 그리고 칼 든 강도에 비하면 얼마나 신사적이고 고차원적이냐는 칭송도 아끼지 않았다.

이십여 년 전 내가 만났던 강도는 나중에 생각해 보니 귀여운 초보 강도였지만 그 당시는 하늘이 무너질 것 같은 공포였다. 초등학교 다니는 큰애가 학원 간다며 나간 후 문을 잠그지 않았던 내 불찰이 빚은 참극이었다. 조용히 문을 열고 들어와 돌아서는 그의 손엔 칼이 들려 있었다. "나 강도야."라며 운동화를 신은 채 거실로 들어와선 작은애를 방으로 들여보내라고 했다. 180센티가 넘는 키에 모자를 눌러 썼지만 작은 얼굴이었다. 나는 그 짧은 순간 다리가 후들거리고 눈앞이 깜깜해졌다. 아이를 방으로 데려다 주는 사이, 목숨이 위험에 처할 때마다 필름처럼 지나가던 지난날이 다시 지나갔다. 내 불우와 병마에 함몰되어 세상을 등지고 사랑을 배반하고 살았던 부끄러운 청춘 이후, 그것을 만회라도 하듯 바르고 의롭게 살려 노력하는 내게, 정말 신이 있다면 이런 벌이 내리지 않을 거란 확신이 들었다. 거실로 나가며 마음을 가라앉혔다. "아유, 난 대학교 다니는 우리 조카가 왔는 줄 알았어요. 걔가 맥주 먹고 싶으면 친구들 끌고 우리 집엘 자주 왔거든요. 학생 이리 앉아요." 하는 내 말에 긴장을 풀지 않는 그가 노끈을 가져오라고 했다. 나를 우선 묶겠다는 것이다. "학생, 내가 원하는 것 다 줄 테니까 더운데 여기 앉아서 일단 주스 한 잔 마셔요. 세상에 이렇게 훤칠하고 잘 생긴 학생이 오죽 답답하면 이러겠어요."라는 말에 그의 눈빛이 흔들렸다.

그 날 그 강도는 현금이 별로 없으니 보석을 주겠다는데도 그건 필요 없다 했고 천 원짜리도 필요 없다며 만 원권 두 장과 당시 개인 수표였던 가계수표에 '오십만 원'을 써 달라 해서 갖고 한 시간 만에 갔다. 현관문을 나서며 그는 "신고하면 죽어."라는 말을 남겼다. 긴장이 무너진 나는 현관문 앞에 주저앉아 작은애를 붙잡고 울었다. 잃어버린 것은 고작 이만 원, 신문에 오르내리던 성추행이나 상처 없이 그를 내보냈다는 것에 대한 안도와 내 기도를 저버리지 않은 하늘에 대한 감사였다.

당연히 나는 신고하지 않았다. 시민 정신보다 딸 둘을 키우는 엄마로서 해코지 당할 것이 더 두려웠기 때문이다. 그런데 일주일 정도 지난 어느 날 경찰서로부터 전화가 왔다. 그 강도가 다른 집엘 들어갔다가 잡혀 경찰서로 인계되었고, 그동안 저지른 일을 기록하는 과정에서 우리 집을 다녀간 사실을 밝힌 것이다. 태어나 처음으로 경찰서 어느 방에서 만난 거구의 강력계 형사는 강도보다 더 무서워 보였다. 잃어버린 것은 별로 없고 두 딸이 있으니 나는 그냥 빼달라고 억지를 부렸지만 그 강도가 이번 일로 감옥을 가면 십 년은 있다 나올 테니 염려 말라고 했다.

그리고 한 달쯤 지났을까. 어떤 아주머니가 주스 한 통을 사들고 찾아왔다. 그 강도의 어머니였다. 아비 없는 자식 키우느라 제대로 돌봐주지 못해 그렇다며 선처를 구했다. 그 증거로 용서한다는 서면에 확인 도장을 요구했고, 이튿날까지 인감증명과 주민등록등본도 부탁했다. 다음날 그녀가 요구한 서류를 건네주며 왠지 씁쓸한 기분이 들었다. 정신적인 충격에 대한 위로는커녕, 잃어버린 것에 대한 보상조차 없이 그저 자기 자식만 용서해 달라며 이런저런 심부름까지 시킨 그녀에 대한 서운함과, 그와 그녀가 불쌍해서 내 의견은 한마디도 하지 못한 나에 대한 한심함이었다.

그러나 그 사건은 내게 '인생에는 마이너스가 없다'는 엔도 슈사쿠(遠藤周作, 1923~1996)의 말을 확실히 체험하게 한 것임을 알았다. 그 이후로 나는 현관문을 철저히 잠갔고, 아무리 어려운 일이 닥쳐도 침착하면 돌파구가 보인다는 것을 알았고, 염치없는 사람은 용서는 받아도 진심은 얻지 못한다는 것을 알았다. 더구나 하늘이 무심치 않다는 것을 알았으니 얼마나 큰 플러스란 말인가. 엔도 슈사쿠는 마이너스 속에 플러스가 있고, 플러스 속에 마이너스가 있으니 위기를 찬스로 삼아 긍정적이고 낙천적인 가치관을 가질 것을 설파

했다. 이것은 소강절(邵康節, 1011~1077) 선생이 재앙이란 복이 의지하는 곳이며, 복이란 재앙이 숨어 있는 곳이라고 한 말과 통한다. 위기에 닥쳤다고 섣불리 좌절할 것도 아니고 경사가 났다고 너무 들뜨지 말라는 것이다. 그 후 인생에 마이너스가 없다는 말이 내 삶에 지표가 된 것은 당연하며, 고달프거나 억울한 일을 당해도 든든한 위로가 되어 주었다. 그리고 그 위기가 나중에 어떤 감사로 돌아올지에 대한 기대마저 갖게 되었으니 산다는 것의 평범한 진리를 요란하게 체득한 것이라 하겠다.

오래 전이라 잊은 줄 알았는데 그날을 다시 떠올리니 가슴 한 쪽이 또 죄어드는 느낌이었다. 그러나 칼 들고 들어와 노끈을 찾던 초보 강도, 자기 마음을 편들어 주니 체면을 차리려 보석도 천 원짜리도 놓고 간 귀여운 강도, 어리숙한 행각으로 덜미 잡힌 어설픈 강도가 한없이 가엾어진다. 내가 보태 준 용서로 감옥행은 면했는지……. 지금 어디서 무얼 하며 사는지 모르지만 그를 다시 만난다면 그에게도 인생에는 마이너스가 없다는 말을 들려주고 싶다. 찻집에서 머리를 맞대고 내 얘기를 듣던 사람들은 도둑과 강도도 이 세상에 꼭 있어야 하는 존재라며 그들을 우리의 선생으로 삼자고 했다. 자리를 일어서는데 K선생이 말했다.

"도사부일체(盜師父一體)야."

잃어버린 무덤

　산을 깎아 조성한 전원주택단지로 이사를 하고 보니 등산은 수월한네 산책로가 따로 없어 불편하다. 2자선 도로를 따라 드문드문 오가는 차와 함께 시골길을 걷는 것이 산책이다. 집 대문에서 왕복 40분의 길을 걷던 어느 날, 길옆으로 좁은 오르막이 보이고 그곳에 덩치만 크고 순하기 짝이 없는 말라뮤트(썰매 끄는 개)가 묶여 있었다. 산 입구 오르막에 개를 묶어놓은 사람을 원망하며 다음날 물과 간식을 가지고 그곳을 찾아갔더니 뜻밖에도 사료와 물이 제법 깨끗하게 놓여져 있었다. 그러니 누가 방치한 것은 아니라는 생각에 노여움은 풀렸지만 새로운 궁금증이 일었다. 이후론 집을 나설 때 마다 개 간식을 챙겨가서 내 딴엔 가엾은 그 개의 안부를 살피는 것이 또 다른 일거리가 되었다.

왕복 40분이 성에 차지 않아 조금 더 걸어 볼까하는 생각을 하던 참에 개가 있는 쪽 산길이 평평해 보여 어느 날 산으로 발걸음을 옮겼다. 한 이십 미터쯤 걸었을까. 길 왼편으로 신세계처럼 확 트인 곳이 나오더니 양지바른 곳에 무덤이 보였다.

소나무가 병풍처럼 빙 둘러선 것이 마치 우리 집 안방쯤으로 느껴져 나도 모르게 그쪽으로 다가갔다. 산 속인데 길가에서 무덤까지 이르는 길과 계단에 잔디를 입힌 것이 예사롭지 않았다. 무덤 가까이 가보니 봉분은 잡초 하나 없이 잘 정돈되어 있었지만 비석도 제단도 없었다. 이름 없는 무덤이다. 더 이상한 것은 그 옆도 아니고 바로 아래도 아니고 대각선 방향으로 또 하나의 이름 없는 무덤이 있는 것이다. 잔디나 떼를 보아 십 년 미만에 만들어진 것 같은 두 무덤은 봉분 크기로 보아 아기 것은 아닌 것 같았다. 아래에 있는 무덤은 마치 위에 있는 무덤 곁에 감히 갈 수 없는 듯, 그렇게라도 같은 하늘 아래 누워 있음에 행복한 모습이다. 위에 있는 무덤은 가까이 할 순 없어도 늘 바라볼 수 있음에 만족하는 듯, 평온한 모습이다. 겸손한 감사와 고요한 평화와 경건한 사랑이 달빛처럼 고여 있었다. 어떤 흔적이라도 찾고 싶어 주위를 살펴보았지만 소나무 등치에서 딱따구리가 요란하게 부리를 쪼고 있을 뿐. 누군가의 애틋한 손길과 말 못할 사연이 숨 쉬는 곳에서 나는 잠시 정체 모를 슬픔으로 아연해졌다. 사랑하는 사람이 떠난 줄 모르고 찾아간 집처럼……. 그 뒤를 이어 오래 전 내 기억 속의 무덤 하나가 둥실 떠올랐다.

엄마는 고향집 선산에 묻힌 아버지 곁을 마다하고 교회부지에 묻힐 것을 강력한 유언으로 남겼다. 그런 엄마가 조금 서운했지만 당시 독실한 신자였던 자식들은 그 뜻을 따라 서울 근교의 교회부지에 엄마를 모셨다. 엄마를 산에 묻고 돌아온 날 밤, 나는 뼈만 남은 엄마 시신이 재래식 화장실 구멍 위에 놓여 있는 매우 불길한 꿈을 꾸었다. 이후로도 집을 사달라는 등, 집이 없어서 왔다는 등의 엄마 꿈을 꾸면서 산소 자리가 불길하다고 예감했지만 달리 방책이 없었다. 그저 그런 꿈을 꾸거나 우울한 날은 무덤을 찾아갔다. 권사 ○○○라고 적힌 비석을 그리움으로 닦고, 엄마의 등 같은 봉분에 기대어 있노라면 생전의 온기가 전해져 오는 듯했다. 그곳은 직장생활을 하며 시댁도, 남편도, 자식도, 심지어 파출부 아줌마도 모두 내게 갑(甲)인 세상에서 내가 유일하게 갑이었던 엄마에게 참회를 하고 살아갈 힘을 추스르던 곳이었다.

반성과 깨달음, 슬픔과 그리움의 눈물이 함께 묻혀 있던 그곳을 잃어버린 것은 2003년 9월이었다. 우리나라 기상관측 이래 가장 센 바람과 폭우였던 태풍 매미는 한반도 곳곳을 허물며 엄마의 무덤을 함께 쓸고 갔다. 오랜 시간이 흐른 후 교회 측에선 이름을 찾을 수 없는 십여 명의 유골을 모아 위풍당당해 보이는 위령탑을 세웠지만 나는 그 이후로 그곳에 가지 않았다. 봉분이 없는 무덤은 내게 무덤으로 여겨지지 않았던 것이다.

세월이 흘러 아시아나 유럽 지역을 여행하면서 무덤을 보니 모두 봉분이 없는 무덤이었다. 시신을 묻은 땅 위에 대리석을 올려놓고 생몰 연도를 적거나 비석을 세운 것이 거의 동일했다. 더 놀라웠던 것은 영국의 웨스트민스터 사원 안에 유명 인물들이 묻힌 곳이라며 바닥에다 이름을 써놓은 것이다. 발바닥 밑이 무덤인 곳에서 나는 그 이름만으로도 가슴 벅찬 존경심을 안겨 주는 그들을 발로 밟을 수가 없어 가까이 가지 못했던 기억이 있다. 나중에야 봉분을 가득히 올린 묘는 중국과 우리나라만의 장례 문화임을 알았다.

본래 죽은 자의 시체를 처리하던 무덤이 신앙과 풍습이 결합되어 기념하고 과시하는 기능으로 발전했다고 한다. 그런데 우리나라는 풍수지리 사상의 영향으로 명당에 조상을 모시면 후손이 발복한다는 설에 따라 유난히 산소를 소중히 여겨 왔다. 요즘은 국토보존 차원에서 화장 문화가 성행하고 있지만, 마치 누워서 나를 맞이해 주는 듯, 내 애기를 그곳에서 다 듣고 있는 듯, 고요하고 그윽해서 저절로 뜨겁게 울게 하는, 젖가슴 같은 무덤이 사라진다는 것은 서운한 일이다.

산 속에서 이름 없는 무덤을 발견한 후 나는 마치 오래 전 잃어버린 엄마의 무덤을 다시 찾은 것처럼 자주 그곳엘 간다. 그리스 신화에서 저승세계의 입구를 지키는 케르베로스라는 개는 세 개의 머리와 뱀꼬리를 가진 맹독의 사냥개이지만 이곳 무덤 입구를 지키는 말라뮤트 개는 어찌나 순한지 이제 나를 주인인 양 반가워한다. 오늘도 무덤을 지키는 개와 고인이 된 두 분의 사연을 상상하면서 그곳으로 나의 발길을 놓는다. 고인의 혼(魂)은 떠나고 백(魄)만이 잠자는 봉분에 기대어 이런 저런 상상의 나래를 펴며 하늘을 올려다본다. 엄마가 웃고 있다.

간화선 일기

스승이 탁자 위의 컵을 들어 올리며 물었다. "이것이 뭐냐?" "컵입니다." "컵을 보고 있는 것은 무엇이냐?" 목구멍에서 '나'라는 단어가 오르락내리락 거렸다. 그렇게 뻔한 답을 물었을 리가 없기에. 그러나 '나' 말고 무엇이 컵을 본단 말인가. "보인다는 것은 보는 것이 있다는 것을 증명한다. 그 보는 것을 찾아라." 스승이 우리에게 내린 화두였다. 그리고 언어나 문자가 아닌 몸으로 대답을 하라고 했다.

열 명의 제자가 스승을 향해 허리를 세우고 가부좌를 틀었다. 탁! 탁! 탁! 세 번의 죽비 소리와 함께 화두를 들었다. 보는 것이 무엇인지를 찾기 위해 의식을 집중했다. 몸으로 답을 하라니 몸 어딘가에

답이 있을 터. 의식으로 몸 구석구석을 훑기 시작했다. 전두엽 후두엽을 지나 눈 코 귀 입을 하나씩 거쳐 기도와 식도, 심장과 폐, 늑골과 척추, 위와 십이지장, 근육과 정맥 동맥까지 구석구석 살펴본다. 내 몸이었으나 각자의 기능을 하는 부속품으로 알았던 것들이 느닷없는 내 눈길에 흠칫흠칫 일어났다. 하나하나가 모두 생명이었음을 느끼는 순간, 이것들의 주인은 과연 누구인지 궁금해졌다.

나의 명령 없이도 보고 듣고 웃고 우는. 그러나 풍선처럼 부풀어 가는 궁금증을 비웃는 듯 전신이 노곤해지며 까무룩 잠이 들었다. 그렇게 저녁 수행시간 이후에 든 잠은 처음으로 맛본 꿀잠이었다. 창밖으로 스미는 여명에 눈 뜬 새벽녘, 오랜 불면증과 꿈에 시달렸던 피곤은 어디에도 없었다. 몸 안 가득 차 있는 맑고 신선한 기운을 신기해하며 다시 허리를 세웠다.

아침이 되자 스승이 다시 죽비를 들었다.

"의식을 집중해서 내면으로 들어가라. 깊이깊이 들어가다 보면 너를 맞이하러 나오는 것이 있다. 집중!" 세 번의 죽비 소리를 신호로 다시 수행이 시작되었다. 화두를 들고 내면으로 의식을 집중해 가기 시작했다. 잠깐씩 의식이 단절되는 그윽함이 다가왔다가 사라져 갔다. 그것을 놓치는 안타까움을 따라 '나'라는 것이 해일처럼 덮쳐 왔다. 세 살 무렵 흑백사진 속의 '나'부터, 아버지의 죽음을 맞았던 열네 살, 혼란과 회의와 분노로 얼룩진 청춘을 지나 화합을 위한 갈등의 시간들……. 그렇게 세상과 가족과 타인과의 상처로 너덜너덜해진 가슴을 부여잡고 있는 '나'가 영화 필름처럼 지나갔다. 그리고부터 걷잡을 수 없는 눈물이 쏟아지기 시작했다. 뜨겁고 짠 맛이었다. 얼마나 울었을까. 자기 연민이 휩쓸고 간 자리로 힘이 모아졌다. 단전이었다. 그곳으로 의식을 집중하자 몸이 뜨거워졌다. 그 뜨거움을 붙잡으니 등줄기로 땀이 흘렀다.

그리곤 뜨겁지도 짜지도 않은 눈물이랄 수 없는 물이 눈에서 줄줄 흘러 내렸다. 마치 덜 잠긴 수도꼭지처럼 얼마나 물이 흘렀을까. 어느 순간, 화두도 없고 '나'라고 알고 있던 의식도 없고, 생각의 이편과 저편이 모두 사라진 광대무변한 공간으로 맑고 성성한 기운이 들어찼다. 그 깃털처럼 가벼운 환희에 몸을 떨었던가? 온몸의 진이 다 빠졌는지 쓰러질 듯 누웠다. 창밖의 하늘이 어두워지고 있었다.

침묵으로 시작했지만 '보는 것'에 대한 대답은 모두가 달랐다. 노래를 부르는 사람, 뒤로 벌렁 쓰러지는 사람, 방바닥이 꺼질 듯 들썩이는 사람, 자기 몸을 부서져라 때리는 사람 등. 각자의 성격대로 답을 한다는 것이 스승의 말씀이었다.

간화선(看話禪)은 말 그대로 화두를 통해 깨달음을 얻는 수행법이다. 중국 선종의 초조(初祖)인 달마대사 이후 '곧바로 자기의 마음을 향하여 그 본성을 보아 깨달음을 이룬다.'는 돈오돈수를 목표로 처음에는 묵조선(침묵 수행)이 유행했으나 조주선사에 이르러 화두를 들고 수행하는 간화선이 시작되었다. 그리고 남송의 대혜선사가 중국 선종의 전통적 수행법으로 확립시켰으며 우리나라에는 고려시대의 보조국사 지눌에 의해 처음 들어왔다. 간화선은 조선시대에 이르러 서산대사와 경허선사에 의해 크게 발전했으며, 현재 우리나라 선불교의 주요 수행법이다.

직관적인 깨달음을 추구하고 존재 자체에 대한 탐색을 추구하는 선불교는 인생이 고(苦)라는 것에서 출발한다. 고의 원인인 갈애(渴愛), 집착으로부터 벗어나는 가장 빠르고 쉬운 길이 간화선 수행이다. 몸을 통해 곧장 생명의 실상을 찾아 들어가는 것이다. 그 길에 만나는 갈애 덩어리를 은산철벽이라 한다. 그 장벽을 온몸으로 뚫고 나가 무명이 밝아지면 보리자성(菩提自性)이 드러난다. 명상이 갈애의 불길을 다스리고 조절하는 것이라면 간화선은 갈애의 불길을 치솟게 질러 연료를 완전히 태우고 고갈시키는 수행법이다.

지천명(知天命)에 이르러서야 머리가 아닌 가슴으로 상대를 인정하고 포용하는 품이 생긴 것 같다. 세상에 이해 못 할 일들이 사라지고, 내려놓고 비우는 만큼, 나이만큼 편해진 것도 사실이다. 그러나 현실에서 직접적인 경계에 부딪치면 여전히 피 흘리며 쓰러졌다. 추스르고 일어서는 시간이 점점 짧아지고는 있으나 그때마다 스스로에 대한 절망과 자괴감으로 괴로웠다. 죽을 때까지 이 짓을 반복하고 살 순 없지 않은가. 하루를 살더라도 흔들리지 않는 고요와 평화가 절실했다. 남에게 휘둘리지 않고 내가 주인으로 사는 삶. 더 나아가 이타와 상생의 삶을 살고픈 간절함이 있다. 그것의 시작은 내 안의 맑고 깨끗한 자성과 만나는 일이다. 본래 청정하여 본래 불성인 '나'를 찾아 이제 첫걸음을 내디딘다.

2장

관상,
그 불완전함에 대하여

우리는 모두 이해받아야 할 가치가 있는 존재들이다. 관상이 좋고 나쁘고를 살피는 것은 그를 판단하려드는 것이다. 상대방을 있는 그대로 보아 주는 것, '판단금지'가 좋은 관계로 가는 길목이라는 생각이 든다. 손톱만큼의 지식이 선입견이 되어 상대방의 진정한 마음을 보려 들지 않는다면 '관상'을 아는 것이 오히려 독이 되지 않을까 싶다.

관상,
그 불완전함에 대하어

　관상이란 사람의 얼굴을 보고 운명이나 수명을 판단하는 것이다. 영화 〈관상〉이 흥행에 성공하며 시나리오를 감수한 유명 관상가가 유명세를 치르고 성형외과가 더 바빠졌다는 기사를 읽었다. 미래에 대한 인간의 두려움과 호기심이 신을 찾고 종교를 만들고, 더 적극적으로 명리학, 관상학, 점성술 같은 분야를 개척하게 한 것이 아닐까 생각된다.

　관상은 중국 춘추전국시대에 진(晉)나라의 고포자경(姑布子卿)이 공자의 상을 보고 대성인이 될 것을 예언했다는 말에서 시작되었다. 우리나라엔 신라 때 들어와 고려와 조선시대를 거치면서 활발해졌다고 한다. 관상학이라는 거창한 학문을 끌어들이지 않아도 눈으로 보는 관상은 통계가 비교적 쉽고 대인관계에 있어 중요한 요소가 되다 보니 시대와 세대를 불문하고 관심의 대상이었다. 그러나 어디까지나 통계인 만큼 절대적인 것은 아니다. 따라서 절대적으로 믿어도 바보이고 절대적으로 믿지 않아도 어리석은 것이라고 생각된다.

영화 속 천재 관상가 내경은 처남과 아들을 데리고 산 속에서 칩거하다 기생 연홍의 상술(商術)에 걸려 한양으로 향한다. 연홍의 기방에서 관상 보는 일을 하며 용하다고 소문이 나자, 김종서에게 발탁되어 궁으로 들어가게 되고 인재를 등용하는 데 비범한 능력을 발휘한다. 그러다 수양대군이 역모를 꾀하고 있음을 알고 조선의 운명을 바꿔 보려 하지만 역사의 광풍을 막을 수는 없었다. 영화가 전하고 싶은 메시지는 끝부분에 있다. 다시 칩거의 생활로 들어간 내경은 찾아온 한명회에게 당신은 목이 잘려 죽을 거라고 말한다. 오랜 세월이 흘러 한명회는 그 관상쟁이의 말을 교훈 삼아 적을 만들지 않고 처신을 잘해 자신의 목이 잘리지 않았으니, 관상이란 것은 미신이며 틀렸다고 말하며 죽는다. 그러나 훗날 부관참시를 당해 목이 잘렸으니 틀린 것도 아니다. 또한 정작 천재 관상가라는 내경은 자신의 운명이 그렇게 기구할 것을 몰랐으니 결국 관상의 불완전함을 드러낸 셈이 되고 말았다.

나는 관상과 인상을 잘 구분하지 못했다. 인상이 좋으면 관상이 좋은 것이고 인상이 나쁘면 관상이 나쁘다고 생각했다. 그러나 관상과 인상은 엄연히 다름을 알았다. 관상학적으로 눈은 가늘고 길게 째진 눈이 조급하지 않고 지혜로우며, 이마는 네모지게 각진 것이 부(富)의 상징이다. 여자의 코는 남편을 나타내고 남자의 코는 자신을 나타내는 것으로 적당한 높이로 살집이 있어야 좋다. 콧구멍은 들여다보이지 않아야 좋으며 입술이 얇으면 마음도 금전도 인색하다고 한다. 그런데 관상이 천 냥이면 눈의 모양과 눈빛이 구백 냥이라니 결국 천하에 좋은 코와 이마와 입을 가졌어도 관상을 완성하는 것은 눈빛인 셈이다. 그래서 좋은 관상으로 성형을 한다 해도 마음을 다스리지 못하면 원래대로 얼굴상이 되돌아간다는 것이다. 눈빛을 성형할 수는 없기 때문이다. 그러고 보니 볼품없어 보였던 사람이 높은 자리에 있거나 신경질적으로 보이는 사람이 훌륭한 인격을 가진 것을 보았고, 후덕하고 인심 좋게 생긴 사람이 사기꾼이었던 경우도 있었다. 마음의 거울인 눈빛을 읽지 못하고 풍기는 인상만 본 탓이다.

이십대부터 나는 유달리 예언서나 점성술서, 사주명리, 관상 같은 것에 관심이 많았다. 논리적이고 합리적인 것보다 그런 것으로 이해되지 않는 영적 세계라든가 나를 움직이는 보이지 않는 심층세계와 다가 올 미래에 대한 궁금증, 피할 수 없는 운명이 어떻게 나를 관통할 것인지가 몹시 궁금했기 때문이다. 온 집안이 독실한 기독교 신자들이라 사주명리나 관상 책을 숨겨 놓고 밤에 몰래 읽다 압수당했던 적도 있었다. 당시 읽었던 『관상』이란 책에서는 저자가 자신의 상이 평생 빌어먹을 상이라 열심히 공부만 하고 아껴 썼더니 빌어먹진 않게 됐다는 글을 읽고 힘들게 읽은 것이 억울한 한편, 위로가 되었던 기억이 난다.

　　골상불여심상(骨相不如心相)이다. 아무리 좋은 관상을 가졌어도 마음을 잘 쓰는 것만 못하다는 뜻이다. 그 말은 아무리 나쁜 상을 가졌다 해도 마음을 좋게 가지면 성공한다는 뜻이기도 하다. 죄송하지만 정말 못생기신 백범 김구(金九) 선생의 일화는 그 말을 입증한다.

　　17세 때 과거에 낙방한 김구선생은 아버지의 권유로 관상학의 2대 경전으로 불리는 『마의상서』 책으로 독학을 하게 되었다. 다음은 백범 일지에 쓰여 있는 글이다.

　　"관상서를 공부하는 방법은 먼저 거울로 자신의 상을 보면서 부위와 개념을 익힌 다음, 다른 사람의 상으로 확대. 적용해 나가는 것이 첩경이다. 나는 두문불출하고 석 달 동안이나 내 상을 관상학에 따라 면밀하게 관찰하였다. 그러나 어느 한 군데도 귀격(貴格), 부격(富格)의 좋은 상은 없고, 얼굴과 온몸에 천격, 빈격, 흉격 밖에 없다. 비관에서 벗어나기 위해 관상서를 공부했는데 오히려 더 비관에 빠져 버렸다." 그런데 그는 책에서 이런 글귀를 발견한다.

　　"상호불여신호(相好不如身好), 신호불여심호(身好不如心好)." 얼굴 좋은 것이 신체 좋은 것만 못하고, 신체 좋은 것이 마음 좋은 것만 못하다는 것이다. 이에 큰 깨달음을 얻어 마음을 닦는 내적 수양에 힘쓴 김구 선생은 한국 근대사에 큰 발자취를 남기게 되었다.

 눈빛을 좌우하는 것은 심상이라는 것이 모든 관상가들의 결론이다. 그러므로 좋은 관상을 갖지 못했다고 해도 마음을 잘 가꾸고 다스리는 것이 중요하다. 나 역시 한 번도 관상이 좋다거나 인상이 좋다는 애기를 들어본 적이 없다. 지금이야 살집이 늘었지만 마른 체질 때문인지 깍쟁이 같다는 말을 많이 듣다 보니 왠지 관상이라는 말 앞에선 늘 주눅이 들곤 했다.
 언젠가부터 나는 사람들의 얼굴에 대해 판단을 하지 않게 되었다. 관상은 볼 줄 모르고, 인상은 보이는 것과 다를 수 있기 때문이다. 무릇 생명 있는 것은 잘나고 못나고를 떠나 모두 존중되어야 하는데 하물며 인간임에랴. 우리는 모두 이해받아야 할 가치가 있는 존재들이다. 관상이 좋고 나쁘고를 살피는 것은 그를 판단하려드는 것이다. 상대방을 있는 그대로 보아 주는 것, '판단금지'가 좋은 관계로 가는 길목이라는 생각이 든다. 손톱만큼의 지식이 선입견이 되어 상대방의 진정한 마음을 보려 들지 않는다면 '관상'을 아는 것이 오히려 독이 되지 않을까 싶다.

불광과 불급 사이

매일 아침 은행 셔터 문이 올라감과 동시에 허리를 구부리며 들어서는 여자가 있었다. 동그란 얼굴 가득 함박웃음을 머금고 바삐 달려와선 웃음소리로 인사를 대신한다. 짧은 상고머리 아래 검은 뿔테 안경 속 눈동자엔 순. 진. 무. 구라고 쓰여 있다. 지폐를 가져온 날은 십 원, 오십 원, 백 원짜리 동전으로 바꿔 간다. 반대로 동전을 한 움큼 가져온 날은 천 원짜리 지폐로 바꿔 간다. 돈을 힘들게 벌었는데 엄마한테 갖다 주려면 지폐로, 혹은 동전으로 바꿔야 한다는 것이다. 1999년, 작은 동네 지점 창구에서 '미친 여자'로 불렸던 그녀는 내 단골손님이었다. 당시 나는 항상 싱글벙글 웃음을 달고 있는 그녀가 부러웠다.

　'불광불급(不狂不及), 미치지 않으면 미치지 못한다.'는 말이 있다. 정신에 이상이 생긴 '미치다(狂)'와 어떤 곳이나 경지에 다다름을 뜻하는 '미치다(及)'를 합쳐, 미치도록 열중해야만 어떤 곳(일)에 이르거나 뜻을 세운다는 것에 대한 역설이다.

　지금은 힐링이 대세지만 한때 『미쳐야 미친다』, 『미쳐야 청춘이다』, 『미쳐야 산다』 같은 책이 유행했다. 성공한 사람들이 어떻게 열정적으로 살았는지, 그래서 무엇을 이루었는지를 강조한 글들이다. 제목만 읽어도 금세 나도 미칠 수 있을 것 같은, 아니 미칠 것 같은 기분이 들고 그래서 무언가를 이룰 것 같기도 하지만, 미쳐야 성공하고 그래서 안 죽고 살 수 있다는 제목은 조금 서글프기까지 하다. 『책은 도끼다』의 저자 박웅현은 김훈의 글을 소개하면서 그의 놀라운 글 솜씨에 대해 '미친 사람'이라 했고, 알랭 드 보통의 통찰의 힘에 대해 '이 친구가 미쳤구나'라는 표현으로 도저히 따라갈 수 없는 경지에 대한 찬탄을 대신했다. 이렇게 정상이 아닌 사람을 일컫던 '미친'이라는 단어는 어느덧 평범과 보통을 넘어서 뛰어난 사람을 수식하는 의미로 확대되었다.

　어느 날 서점 가판대에서 내 눈길을 사로잡은 것은 책 표지 전체에 내갈겨 쓴 '미친년'이라는 커다란 글씨였다. 그 옆엔 '여자로 태어나 미친년으로 진화하다'라는 부제가 붙어 있었다. 이상한 여자에서 정상적인 여자가 되는 것이 아닌가? 라는 의문과 함께 '미친년'이라는 미친 것 같은 글씨에 갑자기 오래전 그녀가 생각났다. 그녀를 마지막으로 본 것은 내가 퇴직하기 며칠 전, 어느 가을날이었다.

퇴근 후 주변에 볼일이 있어 길을 가다 슈퍼마켓 앞에서 야단을 맞고 있는 그녀를 보았다. 주인인 듯한 남자는 크게 화가 났다기보다 귀찮고 지겹다는 표정이었다. 내가 놀란 것은 아침마다 은행에 올 때 입었던 티셔츠에 청바지 차림이 아니라 계절에 맞지 않는 민소매 원피스를 입고 있던 거였다. 주인 말이 걸핏하면 지나가면서 물건을 슬쩍 집어간다고 했다. 그리곤 그가 덧붙이는 말에 나는 처음으로 웃음이 사라진 그녀의 얼굴을 보았다. "지 엄마가 벌써 언제 죽었는데 맨날 엄마 갖다 준다고 물건을 훔쳐가." 주인은 오래 전부터 그녀를 알고 있는 듯 고시 공부를 하는 딸을 뒷바라지하던 엄마가 사고로 돌아가신 후 그녀가 정신 줄을 놓았다고 알려주었다. 그러니까 그녀는 엄마가 죽었다는, 믿을 수 없는 현실을 받아들일 수 없어서 미친 것이었다.

책을 펼쳤다. 내용은 저자 이명희가 박영숙의 사진전 '미친년 프로젝트'를 관람하고 사진에 담긴 국내외의 '미친 여자' 아홉 명을 인터뷰한 것이었다. 사진작가 박영숙을 비롯해 실리콘밸리의 여성 CEO, 한국의 종군위안부 문제를 세계 모든 여성의 문제로 끌어내 준 여성 운동가, 여성사제이면서 레즈비언으로 커밍아웃을 선언한 신부님 등, 사회 각 분야에서 미친 존재감을 드러내고 있는 여자들이었다. 나는 그들의 치열하고 충만한 삶의 모습을 대하며 같은 여자로서의 뿌듯함과, 인간으로서의 존경심과, 존재로서의 경탄에 가슴이 뛰었다. 인간으로 태어나 주어진 재능과 능력을 한껏 발휘하여 다른 인생에 멘토가 되고 세상의 어느 한 구석에 등불이 되고 있는 것이었다. 책을 읽고 나니 그녀들처럼 나도 죽기 전에 한 번쯤은 '미친년'으로 살고 싶다는 소망이 꾸역꾸역 올라왔다.

그때 그녀에게 나는 처음이자 마지막으로 밥을 사주었다. 나의 밥 먹었냐는 질문에 금방 활짝 소리 내 웃던 그녀를 외면할 수가 없어 근처 설렁탕집엘 갔다. 앞뒤 안 맞는 횡설수설에 머리가 혼란스러웠지만 그녀를 위해 아무것도 해줄 수 없는 것이 그저 안타까웠다. 헤어지면서 엄마 갖다드리라고 그녀의 손에 지폐 몇 장을 쥐어주었다. 커다란 목소리로 연신 고맙다고 인사를 하며 돌아서 가는 그녀에게 손을 흔들어 준 이후로, 내가 퇴직할 때까지 그녀는 은행에 오지 않았다. 알 만한 사람들에게 물어봤지만 통 볼 수 없다는 얘기만 들렸을 뿐.

그렇게 삶의 한 순간 스쳐간 풍경이지만, 책 표지의 '미친년'이라는 글씨에 생각난 그녀와 이 아홉 명의 멘토에겐 공통점이 있었다. 같은 점은 모두 다 현실을 잊었다는 것이다. 그녀는 현실을 받아들이지 못해 현실을 잊었고, 멘토들은 현실에 몰입하여 현실을 잊었다. 다른 점은 그녀가 현실을 잊고 과거에 붙들려 살았다면 멘토들은 철저히 현실에 충실하여 미래를 향해 달려간 것이다.

지금껏 살면서 내가 어느 쪽으로도 미치지 않은 것은 늘 현실과 타협했기 때문임을 알았다. 잠깐씩 미친 적은 더러 있었다. 그러나 무엇에 이르거나 이룬 것이 없으니 아무것에도 진정으로 미쳐보지 않았다는 증거이다. 그것은 미칠 만한 무엇을 찾지 못했다기보다 무엇에도 미치지 못하는 게으름이 더 근본적인 원인이다. 언제부터인가는 '저 포도는 시다'며 못하는 핑계를 찾아 자기 합리화에 길들여져 살고 있다. 더구나 나이 들면서 마음을 비운다는 것이 값싼 비굴함과 손쉬운 포기로 슬쩍 바꿔치기한 것 같은 기분마저 든다. 그럼 지금부터라도 한 번 미쳐 봐? 저자 이명희는 여자로 태어나 무언가에 집중하고 몰입해서 '미친년' 소리를 듣는다는 것은 열심히 살고 있다는 증명이라고 했다. 그러나 그게 어디 하루아침에 될 일인가. 지극한 성실함만이 도달할 수 있는 경지 아닌가. 의지박약인 내 자신이 한심스러워지면서 은근슬쩍 또 핑곗거리가 떠오른다. 나는 도저히 미쳐지지 않아서 이르지 못한다. 이것이 내가 아직도 '미친년'으로 살지 못하는 이유이다.

사는 게
사는 거다

　가로막힌 유리창 너머로 입체형 마스크에 흰 장갑을 낀 남자가 보자기를 젖히자 우윳빛 뼈 조각들이 드러난다. 함부로 던져져 부서진 비스킷 같다. 넓적한 머리뼈는 오른편으로 골라놓고 남은 것을 둥그런 단지에 담는다. 절반쯤 담겼을 때 절구 방망이로 단지 안의 뼈를 부수고 나머지를 쓸어 담으니 단지가 꽉 찬다. 그 위에 아까 골라 놓았던 뼈를 얹고 이중덮개로 마감을 한다. 다시 흰 보자기로 단지를 힘껏 싸맨 후 유리창 옆 작은 구멍 앞에 놓는다. 유족들 앞으로 미끄러지듯 실려 나온 보따리 하나가 65년을 살다 간 사람의 전부였다.

"여보게, 김치 있어?" 수화기 저 편에서 늘 다짜고짜 용건부터 말하는 그녀는 남편의 큰 누나이고, 내게는 시어머니나 친어머니 같은 존재였다. 서로의 남편에 대한 푸념으로 시작한 술자리가 배꼽 빠지는 웃음 자리가 되기도 하고, 때로는 서로 붙들고 실컷 울기도 했던 날들. 그럴 때면 "그래, 내가 엄마다, 엄마야."라며 등 두드려 주던 그녀가 죽었다.

슈퍼 갔더니 배추가 싸서 사다가 지금 담는데 시간 날 때 가지러 오라는 전화를 받은 건 아침 9시경. 그리고 그녀가 죽었다는 전화를 받은 건 두 시간 후였다. 그것은 서울 한복판에 외계인이 나타났다는 것보다, 평양 하늘에서 금덩어리가 쏟아져 굶는 아이가 하나도 없게 됐다는 소리보다 더 믿을 수가 없었다.

팽팽한 삶에서 죽음으로 가는 데 걸린 두 시간 동안 그녀는 김치를 다 담고 소쿠리를 씻다가 힘들다며 소파에 앉았다. 그리고 우황청심환을 달라고 해서 마시더니 속이 시원하다며 옆으로 슬그머니 누웠다. 묻는 말에 대답 없는 것이 이상해서 그녀의 남편이 다가갔을 땐 이미 숨을 쉬지 않았다.

갑작스런 죽음에 명찰만 붙은 빈소엔 그녀의 자식들이 넋 나간 듯 앉아 있었다. 그 뻥 뚫린 눈빛과 마주치는 순간, 잊은 줄 알았던 기억의 뒤편에서 걸어 나오는 내 모습을 보았다. 20년 전 엄마의 죽음 앞에서 나도 저런 눈빛이었으리라. 세상으로부터 가장 소중한 것을 빼앗긴 자가 뿜어내는 신과 삶과 인간에 대한 원망과 그 원망조차 풀 길 없이 바닥으로 꺼져가던 허탈감. 그 후로도 오랫동안 어깨에 쌓이는 먼지조차 무거워 부서질 것만 같았던 세월이 있었다. 죽음도 삶의 연장이라는 것을 받아들이기까지는 많은 시간이 필요했다.

뒤늦게 빈소가 차려지고 음식이 준비되자 모여든 친척들이 술잔을 들기 시작했다. 그녀의 자식들은 초죽음이 되어 있는데 눈물 끝이 짧은 문상객들은 그녀를 둘러싼 각자의 이야기로 목청을 점점 높여 갔다.

"내가 갈 차롄데 왜 지년이 먼저 가고 지랄이야, 참 나. 성질 급한 건 살았을 때나 죽을 때나 똑 같구마." 팔십 세 된 그녀의 욕쟁이 큰고모의 말이다. "에휴, 그 시집도 이제 큰일이겠어. 그동안 언니가 큰일 다 치르고 제사 다 모시고…… 기둥이었는데 이제 그 제사며 누가 다 하겠어." 그녀의 셋째동생의 말이다. "얘, 그래도 걔는 복 받은 거다. 좋은 부모 만나 그 나이에 대학 나왔지, 평생 돈 걱정 안하고 살았지, 고통 없이 죽었지, 성질 괴팍한 남편 비위 맞추고 산 것 밖에 뭔 고생을 했냐." 그녀의 작은고모 말이다. "언니가 너무 빨리 죽은 건 안됐지만 친정에 한 게 뭐 있어? 엄마 아부지한테 사랑도 제일 많이 받고 돈도 제일 많이 받고 근데 시집에만 잘했지 우리한텐 얼마나 인색했냐구." 그녀의 넷째동생의 말이다. "에그, 이번 달에 곗돈 타면 이젠 계 안 붓고 죽을 때까지 쓰면서 산다드니만 그 돈 한 푼 못 써보고 갔네 갔어." 그녀의 다섯째 동생의 말이다. "야, 난

무습다. 우째 이럴 수가 있노, 그 나이에. 우리가 지금 사는 게 사는 거로? 사는 게 아이다. 니들도 언제 죽을지 모르니 싸우지 말고 행복하게 살그라. 인생 뭐 있나? 죽은 놈만 불쌍한기라." 그녀의 외삼촌의 말이다.

나는 그녀의 부지런함이 좋았다. 매일 아침 수영을 하고, 손뜨개로 커튼과 침대보를 만들고, 각종 요리사 자격증을 따고도 계속 요리학원에서 새로운 음식을 배우고, 친목회마다 회장과 총무직을 맡고, 철 따라 여행을 가고, 일 년에 일곱 번의 제사를 지내고, 교회에선 집사이며 시집에선 큰 며느리에 홀 며느리이며, 친정에선 맏이였던 그녀는, 어쩌면 남은 삶을 다 살고 가느라 그리 바빴는지 모르겠다. 부모 잃은 조카 세 명을 거두느라 고단했음에도 무엇이든 귀찮아 하지 않고 사람에 대한 차별이 없었던 그녀. 늘 밝고 활달했으니 밝은 빛을 따라갔으리라. 부디 다음 생에 만나면 엄마와 딸로 만나고픈, 세상에서 두 번째로 엄마라고 불러본, 나의 큰 시누이, 그녀가 죽은 것이다.

영정 사진을 든 그녀의 사위 뒤로 유골함을 목에 건 아들과 유족들이 뒤따른다. 새벽까지 내린 비가 다시 흩뿌리기 시작한다. 그녀도 기가 막히나 보다. 기막힌 내 얼굴 위로도 뜨거운 빗물이 흐른다. 이른 낙엽이 발길에 차이는 사르락거림과 가을비 속에 숨죽인 흐느낌은 그녀가 선택한 레퀴엠인가 보다. 화장터에서 그녀와의 추억이 한 장 더 끼워진다.

삼일장 내내 의연함을 잃지 않던 그녀의 남편이 유골함을 거실 티브이 옆에 내려놓더니 그대로 주저앉아 일어설 줄을 모른다. 흔들리는 등 뒤로 어떤 위로도 소용없는 태산 같은 슬픔이 얹힌다. 첫사랑과 이별은 너무 빨리 와서 슬프고, 깨달음과 후회는 너무 늦게 와서 슬프다던가. 그 슬픔도 살아가는 데 때론 힘이 되기도 한다는 것을 알기까지는 그 슬픔만큼의 시간이 지나야 하리라.

고춧가루 삼십 근과 쌀 두 가마니가 배달되어 있는 현관을 지나 그녀의 집을 나선다. 언제 그랬냐는 듯 뽀송뽀송한 햇살에 나뭇잎들이 까르르 웃고 있다. 눈이 부시다.

사는 게 사는 거다.

오해를 푸세요

"까아 아 아 아 악."

책상 앞에 앉아 있던 나는 튕기듯 테라스로 뛰어 나갔다. 지난 어느 가을날에 들었던 까마귀 울음 소리였다. 역시 뒷산에서 예닐곱 마리의 까마귀가 서쪽 산으로 몰려가고 있었다. 반가웠다. 집이 산 중턱에 있어 이름은커녕 생김새도 알 수 없는 온갖 새들과 풀벌레 소리가 늘 궁금했는데 아는 소리와 모습을 가진 손님이, 그것도 오랜만에 찾아왔으니 반가울 수밖에. 달력을 보니 구정을 지낸 지 딱 이십 일째이다. 한겨울을 보내는 따뜻한 별장이라도 있었나 보다.

까마귀 울음소리를 들으니 친구가 들려준 유머가 생각났다.

"옛날에 어떤 부인이 있었는데 남편이 밤마다 사랑을 하자는 통에 너무 귀찮고 피곤했대. 그래서 꾀를 낸 것이 깜빡 깜빡 잊어버리는 까마귀 고기를 먹이면 할 일을 잊고 잠을 자겠다 싶었대. 그래서 까마귀 고기를 푹 삶아 먹이고 아~ 이젠 편히 잘 수 있겠지 했대. 그런데 그 남편이 깜빡 잊기는 했는데 할 일을 잊은 게 아니고 한 일을 잊은 통에, 하고 또 하고, 하고 또 하고, 해서 밤 샜대."

제주도 설화 중, 염라대왕의 심부름을 하던 까마귀가 죽은 말고기를 뜯어 먹다가 적패지(赤牌旨: 인간의 수명을 적은 쪽지)를 잃어버린 탓에 저승 가는 길이 혼란에 빠졌다는 내용을 근거로, 사람들이 까맣게 잘 잊는 사람을 핀잔 줄 때 "까마귀 고기를 먹었냐."고 하는 말이 이런 유머에까지 이른 것이리라.

또한 썩은 고기를 먹는 특성으로 언제나 시체 곁을 맴돌아 우리에겐 흉조로 인식되어 있고, 리더가 없는 단순한 집합 생활을 하는 연유로 오합지졸이라는 말도 생겼다.

그러나, 오해를 푸시라. 다 자란 새끼가 기력이 쇠한 어미를 먹여 살리는 까마귀의 습성에서 지극한 효도를 뜻하는 반포지효(反哺之孝)라는 말이 나왔고(李時珍, 『本草綱目』), 오스트리아의 로렌츠 박사는 리더가 없어도 나름의 질서와 법칙을 가진 사회적 동물이라 했으며, 조류학자들은 까마귀가 사람으로 치면 일곱 살 정도의 지능을 가진 새라고 밝히고 있으니 말이다.

행자부는 2008년부터 사용될 새 국새를 손잡이가 삼족오(三足烏) 모양으로 되어 있는 것을 채택했다고 발표했다. 삼족오란 태양 안에 사는 세 발 달린 상상의 까마귀로 고구려를 상징하는 신화 속의 영물이다. 태양은 천신을 뜻하며 까마귀는 천신의 전령사로서 지상에 내려와 왕에게 명령을 전달한다는 의미로 다리를 한 개 더 가지고 있다고 여겼다.

중국 한족의 상징인 용을 잡아먹고 용의 여의주를 빼앗아 빛의 세계를 지배한 삼족오는 상고시대인 환인, 환웅 시절엔 중국인에게 공포의 대상이었다. 해서 그들이 삼족오를 흉조라 소문을 유포시켰고, 조선조 사대주의 양반들로 인해 그렇게 퍼지기 시작한 것이다. 일본에 이어 중국마저 역사왜곡을 일삼는 때에 삼족오의 등장은 우리 민족과 문화의 우월성을 다시 한 번 증명하는 계기가 되어 뜻 깊다 하겠다.

『삼국유사』와 『필원잡기(筆苑雜記)』에도 까마귀는 긍정적으로 기록되고 있다. 특히 신라 21대 소지왕 10년에 까마귀가 모반을 막고 왕의 시해를 모면케 했다 하여 이로부터 정월 대보름날을 까마귀 날(烏忌日)이라 하고 까마귀 밥(약밥)을 지어 화를 방지하는 습속이 생겼다. 일본으로 건너가 건국신화가 된 연오랑 세오녀(延烏郎 細烏女)에도 까마귀 오(烏)자가 들어 있는 걸 보면 우리의 선조들이 이 새를 얼마나 신령시했는지 짐작이 간다.

까마귀를 신령시하는 나라 중에 영국이 있다. 몇 년 전 런던탑에 갔다가 넓은 사육장에서 까마귀가 유유히 거닐고 있는 것을 보았다. 감옥과 까마귀가 어울리는 것도 같았지만 왠지 대접을 받고 있는 듯한 거만한 모습이 의아하다 싶었는데, 알고 보니 영국 왕실에서 모시는 수호신이었다. 찰스 2세 때부터 까마귀가 런던탑을 떠나면 왕가가 무너진다는 전설에 따라 지금껏 여섯 마리를 극진히 모신다는 것이다. 런던탑 경비병 중 레이븐 마스터(Ravenmaster)는 까마귀 담당 경비병이다. 그는 매일 까마귀의 날개깃을 조금씩 잘라 멀리 날아가지 못하게 한다니 모신다기보다 인간의 필요에 의한 사육이 맞겠다.

까마귀에 대한 이야기는 그리스 신화에서도 볼 수 있다. 이 새는 아폴론의 애완조로 은색의 아름다운 날개를 가졌으며 인간의 언어를 사용하는 영리한 새였지만 대단한 수다쟁이에다 거짓말쟁이였다. 어느 날 아내 코로니스가 간통하고 있다는 까마귀의 거짓 보고에 아내를 죽인 후에야 속은 것을 안 아폴론은 아름다운 까마귀를 새까맣게 바꿔 버리고 다시는 인간의 말을 사용하지 못하게 했다.

까마귀가 까만 것이 아폴론 때문이라면 고마워해야 할 것 같다. 까마귀의 '까맣다', '검다'의 뜻은 '곰'이라는 뜻으로 '존경한다', '신성시 한다'는 의미를 가진다. 아폴론이 까마귀에게 벌을 주면서도 그 영리함을 인정해 좋은 뜻으로 남게 해준 게 아닐까 싶다. 말고기를 먹느라 적패지를 잃어버리긴 했지만 염라대왕의 심부름을 할 만큼 영리한 전령사로, 까마귀가 오랜 전설과 신화는 물론 우리나라 역사에도 신령한 동물로 기록된 것을 보면 인류의 원시시대와 현재가 공존하고 있다는 느낌이 든다.

뒷산으로 등산을 갈 때면 냉동실에서 묵은 생선이나 고기들을 가져다 여기저기에 뿌려 준다. 그리고 장터에서 싼 고기를 산 날은 텃밭과 테라스 난간에도 몇 점씩 놓아 준다. 모른 척 하고 며칠이 지나면 배고픈 짐승들이 몰래 다녀갔음을 안다.

"까아 아 아 아 악."

잊지 않고 찾아온 까마귀가 반가운 손님인 듯 하늘을 향해 악수를 청한다.

위대한 유산

　중학교 동창인 S는 음대를 졸업하자마자 미국으로 건너가 지금껏 음악치료사로 일하고 있다. 그녀는 혼자 계시는 어머니를 뵈러 2년마다 한 번씩 한국에 온다. 올해 유월에도 6주의 휴가를 내서 그녀가 왔다. 그런데 이번엔 특별한 계획이 있었다.

　하루는 전화를 걸어 와 엄마가 유언장을 작성하는 데 증인이 되어 달라고 했다. 유언 공증을 위해 두 명의 증인이 필요한데 그녀의 엄마 쪽에서 한 사람과 그녀의 친구인 내가 선발된 것이다.

　증인 자격으로 오라고 한 곳은 공증인 합동사무소였다. 자리에 앉자 내게 공증인이 두툼한 서류를 주며 읽어 보라고 했다. 그녀 엄마의 재산 목록과 함께 엄마가 죽으면 세 명의 자녀가 모든 부동산을 똑같이 나눠 갖게 되는 금액이 명시되어 있었다. 유산이라곤 1원도 받아 보지 못한 내게 한 자녀 앞으로 배당된 수억의 숫자는 비현실적으로 다가왔다. 그런 내 마음을 읽기라도 한 듯 공증인은 내게 "아무 부담 갖지 않으셔도 됩니다, 무슨 일이 있으면 사실대로만 말해 주시면 됩니다."라고 했다. 내 추측대로 절대 거짓말 안할 친구로 선정된 것에 대해 인생 잘못 산 것은 아니다 싶어 안심이 되었고, 혼자된 엄마와 이혼한 남동생을 두고 부모님의 재산을 미리 정리하는 친구의 현명함이 대견했다. 그리고 나는 유산을 한 푼도 못 받았지만 내 자녀에겐 어떻게 해야 할지와, 종이에 적힌 숫자가 나타내는 '유산'이라는 것에 대해 곰곰 생각하다 찰스 디킨스가 쓴『위대한 유산』의 주인공 '핍'이 생각났다.

신사를 꿈꾸는 가난한 대상상이 소년 핍은 어느 날 탈옥수의 협박으로 그를 도와주고 훗날 이름 모를 사람으로부터 거액의 유산을 받게 된다. 상속인의 뜻에 따라 런던에서 신사 수업을 받게 되지만 순수함을 잃어가던 핍은, 유산을 물려준 사람이 예전에 자신이 도와주었던 탈옥수였다는 것을 알고 혐오감을 갖게 된다. 다시 감금된 감옥에서 탈옥에 실패한 그는 사형집행 직전에 숨을 거두고 그의 중죄 때문에 핍은 받을 유산을 압수당한다. 오히려 빚까지 안게 된 핍은 그제야 후회를 한다. 그리고 최선을 다해 자기를 돌봐 주고 변호인의 보상금을 거절하는 등 성실하고 따뜻한 사랑을 지닌 매부 조에게서 진정한 신사의 모습, 위대한 인간의 모습을 발견한다는 내용이다.

『위대한 유산』은 불우하게 자란 디킨스의 삶이 투영된 소설로 위대한 유산이란 무엇인가, 인간의 진정한 가치는 어떻게 회복될 수 있는가를 생각하게 하는 작품이다.

과연 '위대한 유산'이란 무엇일까. 디킨스는 물질이 아니라 사랑이라고 말하고 있다. 묵묵히 믿어 주고 진정으로 기원해 주어 꺾인 다리를 다시 펴게 하는 것, 그래서 조금씩 더 나은 삶을 향해 가게 하는 것, 눈에 보이는 돈이 아니라 돈으로 살 수 없는 삶의 진정한 가치나 의미를 뜻하는 것일 수도 있겠다.

지난여름 런던에 있는 찰스 디킨스 기념관에 갔을 때였다. 4층에 의아한 구조물이 있어서 물어보니 무능력한 그의 아버지가 빚을 지고 들어갔던 감옥의 창살인데 감옥이 헐리자 가져왔다고 한다. 감옥 신세를 질 만큼 무력한 부모와 가난으로 인한 온갖 경험이 그에게 세상의 부정과 모순을 보는 시각을 키우고 인간의 참된 가치에 눈뜨게 했으니, 영국이 낳은 대문호에겐 어린 날의 불우가 위대한 유산이 아닐까 생각된다. 그러고 보니 내가 부모로부터 유산을 한 푼도 받지 않은 것은 사실이나 위대한 유산을 받은 것임에 틀림없는 것 같다.

살아생전 글만 읽던 아버지의 시골집 사랑채는 오가는 손님들로 들끓었다. 어머니는 하루에 쌀 한 가마를 밥한 적도 있다고 했다. 지나가는 거지도 불러다 먹이고 재워서 노잣돈까지 챙겨 주었던 아버지는, 문중에선 큰 인물로 평가하지만 어머니에겐 허울 좋은 양반일 뿐이었고 내 기억 속엔 오랫동안 가족에게 무책임한 아버지로 원망의 대상이었다. 그 내력인지 나도 사람이든 동물이든 밥 먹이는 것을 좋아한다. 생명 있는 것들에 대한 애달픈 연민을 안고, 적게 갖고 작게 꿈꾸며 낮은 것에 만족하며 살다 보니, 많이 갖고 대단한 것을 이루진 못했지만 큰 화 없이 살아온 듯하다. 더구나 나이 들면서는 내가 베푼 것보다 세상으로부터 더 많은 것을 보답 받는 것 같아 감사하다.

나는 내 자녀들에게 어떤 유산을 남길 것인가 생각하다 답을 찾는다. 세상과의 관계로 아프고 고민하며, 그들과의 사랑으로 뒤척이며 쓴 한 권의 책을 남겨 주고 싶다. 미숙하고 부족하면 그런 대로, 내가 살아온 모습의 기록이 반면교사가 되어도 좋고 선경험이 된다면 더욱 좋고, 자식들에게 부러지지 않는 회초리가 된다면 더더욱 좋겠다. 그리고 자손들이 그것을 위대한 유산으로 기억해 주는 날이 온다면 더 이상 바랄게 없겠다.

세상에 태어나 처음으로 증인이 되고 보니 '내'가 갑자기 소중해진다. 미국으로 돌아간 친구에게 전화를 걸어 왜 나를 증인으로 선택했는지 물었다.

"뭐, 그냥 니가 젤 편해서……."

친구의 특별할 것도 없는 대답에 두터운 신임을 기대한 것은 빗나 갔지만 그냥이라는 단어가 주는 무책임하고도 비구속적인 느낌이 나도 그냥 좋아진다.

그곳에 가면
살 맛이 난다

서울 한복판인 청계 8가를 중심으로 황학동 일대에는 주말마다 대규모 중고시장이 열린다. 없는 것이 없다고 해서 도깨비시장이라고도 하지만 지금은 벼룩시장으로 불리는 곳이다. 이곳은 1958년 청계천 복개공사를 하면서 나온 고물과 전국의 골동품들이 모여들어 자연스레 시장이 형성되었다고 한다. 그래서 주말이면 골목마다 다양한 수집가들과 호기심 많은 국내외 사람들로 물결을 이룬다. 근래엔 청계천 복원사업으로 기존의 노점상들이 골목으로 쫓겨 들어가면서 청계천에서 동묘에 이르기까지 시장이 더 넓어졌다.

중고품이나 골동품에 관심도 없지만 걷는 것을 싫어하는 내가 이곳을 찾게 된 것은 전원으로 이사하고 나서다. 공기 좋은 곳을 찾아 집을 짓고 보니 주위엔 연로한 부부이거나 혼자 사시는 할머니가 절반이 넘었다. 인사를 다니면서 집 설비나 기계, 가전제품들의 고장이 그분들에게 제일 불편한 것임을 알게 되었다. 동네를 위해 봉사할 일을 찾던 차에 잘됐다 싶어 가전제품과 설비 부품을 사러 청계천을 다니다 우연히 벼룩시장을 알게 된 것이다. 상설시장과는 달리 노점상들은 골목길 바닥에 좌판을 펴는데 의류와 신발, 기계와 공구, 가전제품과 책들을 분류해 취급하는 곳이 있는가 하면, 머리핀에서 신발이나 골동품까지 생활의 온갖 잡동사니를 정신없이 늘어놓은 곳도 있다. 좌판이다 보니 물건이 밟히는 것도 예사지만 화내는 주인도 없고 미안해하는 구경꾼도 없다.

나는 잡동사니 좌판을 좋아한다. 기억 속에 묻혀 버린 물건들이 태연히 앉아 있는 것을 보면 과거를 여행하는 기분이 들기 때문이다. 아버지 머리맡에 있던 요강, 어머니가 쓰시던 경대, 참빗, 아버지 두루마기를 다리던 쇠다리미, 오빠의 보물 1호였던 축음기, 언니의 가방 속에 들어 있던 주판, 마루 어딘가 굴러다니던 못난이 삼형제 인형, 제작 시기를 알 수 없는 그릇, 도자기, 글씨, 그림, 등등……. 익숙했던 물건에 눈길이 닿으면 마치 서랍 속 오래된 사진첩을 들추는 듯, 그것들과 함께했던 지난날이 떠오르고 지금은 가고 없는 사람들이 그리워진다.

무엇보다도 벼룩시장의 매력은 엿장수 마음대로인 가격에 있다. 부르는 것이 값이라 홍정하기 나름인 것이 대부분이지만, 천 원 한 장에 살 수 있는 옷이나 책이 있는 반면 수십만 원에서 수백만 원을 부르는 골동품이나 가구도 있다.

"말만 이쁘게 하면 기냥도 줘 기냥~. 근디 이쁜 사람이 읍써."

놋으로 만든 그릇, 촛대를 파는 한 상인의 푸념에서 그들 삶의 고달픔과 함께, 말만 잘하면 그냥은 아니어도 진짜 싸게 살 수 있음을 알게 한다.

삶의 애환과 활력이 공존하며 천 원짜리든 수백만 원짜리든, 중고인 탓에 포장이나 겉치레는 일체 필요치 않는 곳, 그래서인지 성(Sex)에 관한 것도 적나라하다. 포르노 비디오, 잡지는 물론이고 누구나 볼 수 있는 좌판에 알몸으로 진열된 성 기구들은 이곳에서만 볼 수 있는 풍경이기도 하다.

본래 벼룩시장은 유럽 야시장(野市場)에서 유래한 것으로 유서 깊은 도시에서 골동품이나 중고품을 직접 사고파는 장소를 지칭했다고 한다. 영어로는 플리 마켓(Flea Market)이라고 하며 벼룩시장이 처음 생겨난 프랑스에서는 마르셰 오 퓌세(marché aux puces)라 부른다. 파리시에는 일정한 자리를 할당 받은 정규벼룩과 무허가 벼룩이 각자의 물건을 파는데 경찰이 단속을 나오면 무허가 벼룩들이 감쪽같이 사라졌다가 경찰이 가면 제자리로 돌아오는 것이 마치 벼룩이 튀어 다니는 것 같다 해서 붙여진 이름이라고 한다. 또 다른 설은 'puces'가 벼룩이라는 뜻 외에 '암갈색'이란 뜻도 있어 암갈색의 가구나 골동품을 취급하는 시장으로 불리다 벼룩이라는 의미가 강해져서 벼룩시장으로 부르게 됐다고도 한다.

몇 년 전, 스페인 남부를 여행하던 중 그라나다에서 말라가로 가는 길에 벼룩시장이 열린 것을 보고 들른 적이 있었다. 새 물건과 헌 물건이 섞여 있었지만 새 물건이 더 많이 진열되어 있었고, 중국이나 인도에서 들어온 청동제품들은 기계로 찍어낸 듯 우리나라에서 본 것과 같은 모양이었다. 근사한 생활용품들이 곳곳에서 눈길을 끌었는데 의자, 콘솔, 촛대, 재떨이 등 일반 가정에서 쓰던 작은 가구들이 많았다. 서울의 벼룩시장과 다른 점은 파는 사람이 주로 60, 70대의 노인들이었고 어른을 따라 나온 어린이들이 많아서 의아했던 기억이 난다.

우리나라에는 최초의 중고품 시장인 황학동을 시작으로 지금은 전국에 많은 벼룩시장이 열리고 있다. 외국처럼 아이들의 교육에도 필요한 것을 인지했는지 매월 셋째 주 토요일, 한강 뚝섬유원지역 고수부지에서는 어린이들이 판매 주체인 특별한 벼룩시장도 있다. 물질의 홍수 속에 살아가는 아이들에게 나눠 쓰고 바꿔 쓰고 다시 쓰는, 검소한 생활 자세를 교육하는 것은 아무리 강조해도 지나치지 않을 것이다.

시골 마당에선 굳이 새것이어야 할 필요가 없다. 사람도 세월의 더께가 쌓여야 편안해지듯, 누군가와 세월을 함께 했을 것들을 만나면 왠지 정겹다. 그것들은 태어나서 만나고 사랑하며 죽음에 이르는 이치가 인생뿐이 아님을 말해 주고 있다. 그러니 사람이건 사물이건, 만나고 사랑하는 동안의 과정이 중요하다고 조곤조곤 속삭이는 것 같다. 동네 어르신들에게 필요할 만한 것을 발견하여 사다 드리는 보람도, 누군가가 사용했을 농기구로 흙냄새를 맡으며 농사짓는 일도, 누군가와 더불어 세월을 나누는 기쁨이다. 그래서인지 비싼 돈 주고 산 것보다 세월과 사연이 얽혀 있는 물건에 더 오래 눈길이 머문다. 어떤 사람의 사랑을 받았을까, 어떤 장소에 있었을까, 어떤 이유로 버려졌을까 생각하다 보면 입양한 자식인 듯 애틋한 마음이 든다.

우리가 살아 온 자취들이, 잊혀지고 버려진 것들이, 사라지지 않고 남아 있는 곳이 있어서 나행이다. 누구에겐 애물단지인 것이 누구에겐 보물단지가 되며, 누군가의 손때 묻은 세월을 인양 받을 수도 있는 곳, 그곳에 가면 살(買) 맛이 난다.

어디 사세요?

"근데, 이 동네 이름이 뭐에요?"

"발랑리요, 파주시 광탄면 발랑리"

"네?"

"아, 거시기, 발랑 까진 놈 헐 때 발랑. 발랑리랑께."

순간 입술 사이로 피식 웃음이 새어나왔다. 입을 대문짝만하게 벌리고 박장대소할 뻔한 것을 상대방에게 예의가 아닌 것 같아 억지로 참으려니 오히려 비웃는 꼴이 되어 버렸다. 당황한 나는, 흘린 웃음을 재빨리 닦아내고 최대한 공손하게 말했다.

"아~ 네~ 동네 이름이 참 특이하네요. 어르신."

그는 서울서 땅을 보러 온 각시의 공손함에 마음이 풀렸는지 묻지도 않은 말을 덧붙였다.

"거시기 뭐냐, 조선시대 때 이짝으루 절이 많으니께 바랑 맨 시님들이 용미리 고개랑 보광사 고개를 많이들 넘나들었다드만. 글케가꾸 그 바랑에서 발랑이 됐다나?"

말끝을 올리는 것이 정설이 아닐 수 있음을 내비치고 있으나 일리가 있게 느껴서 나는 고개를 크게 끄덕거렸다.

논을 배경으로 야트막한 산 밑에 집을 지으면 명당이 따로 없다는 동네 어르신의 적극적인 권유에도 왠지 동네 이름이 경망스러워 한참 망설여졌다.

"아따, 이름을 입고 다닐랑가. 아님 마빡에 붙이고 다닐랑가, 글고 발랑이 위때서."라며 자신의 이마를 철썩 때리는 어르신을 마치 내가 때리기나 한 듯 송구한데다, 실속 없이 겉치레나 좋아하는 허영기를 들킨 것 같아 창피했다.

'그래, 동네 이름을 살면서 뭐 몇 번이나 부르겠어.' 하는 생각과, 서울서 그리 멀지 않고, 세월이 흘러도 크게 달라질 게 없을 농촌이고, 공기 좋고 물 좋고 경치 좋고, 가격 적당하고……. 이런 이유로 해서 집을 짓고 발랑리로 이사를 하게 되었다.

그러나 몇 번이나 되겠냐던 예상은 완전히 빗나갔다. 바뀐 전화번호를 알리려 전화한 상대방의 열이면 열의 대답이 "뭐?"였다. 그때

마다 발랑 까졌다는 경망스런 말 대신 "발전 할 때 발, 사랑 할 때 랑, 발. 랑. 리라구." 하며 나름대로 고상한 풀이를 해야 했다.

그래도 지인은 나은 편이다. 홈쇼핑 채널에서 구입한 물건이 배달될 때나 전자제품 애프터서비스 담당 직원들이 주소를 확인할 때는 긴장까지 되었다. 빨리 못 알아들을까봐. 고상도 좋지만 모르는 사람한테, 더구나 모르는 남자한테 '사랑'이라는 단어를 쓰는 것이 '발랑'만큼이나 경망스럽게 느껴져서 말이다. 그래서 얼떨결에 튀어 나온 말이 "발가락 할 때 발, 아리랑 할 때 랑, 발. 랑. 리예요."다. 상대방의 목소리에서 재밌다는 뜻과 친절한 설명에 고맙다는 뜻이 묻어 난 "네~ 알겠습니다."라는 대답을 듣고 나면 마음이 놓이곤 했다.

동네 이름 때문에 곤욕을 치르는 것은 전화만이 아니었다. 인적 사항을 쓰는 데마다 있는 '주소'라는 빈칸이 얼마나 원망스러운지…….. "주소 안 쓰면 안돼요?" 혹시나 하는 마음에 뻔한 질문을 던진다. "쓰셔야 돼요." 역시나 늘 똑같은 대답이다. 작성된 서류를 받아 들고 훑어 보다 주소를 확인한 공무원, 사무원, 은행원, 판매원, 등등은 "발랑리요?" 하고는 "큭!" 소리를 내며 뒤늦게 입술을 닫아물지만 입가에 남은 웃음까지 수습하려면 머리를 한번 매만지든가, 넥타이를 한번 쥐었다 놓든가 해야 한다. 그럴 때의 심정을 익히 아는 터라 상대방이 미안하지 않도록 나 역시 재밌다는 미소를 지어 보이지만 될 수 있으면 거치고 싶지 않은 과정이었다.

이렇게 말로 하거나 쓰는 것 외에 일방적으로 주소를 불러 주는 경우도 있다. 일일이 발음 설명을 할 수 없으니, 들린 대로 입력된 주소로 배달된 우편물엔 반남리, 바랑리, 발양리, 바람리, 바란리, 발난리 등 쿡쿡, 동네 이름 만드느라 고민했을 사람들의 심정을 떠올리면 웃음이 난다. 그리고 이런 우편물을 주소 불명으로 반송시키지 않고 우리집 우편함에 넣어 주는 배달부가 그저 감사, 감사할 뿐이다.

필 발(發), 밝을 랑(郎), 마을 리(里), 밝게 피어나는 마을이라는 뜻인 이름이 한글로 읽으면 '안과 밖이 훌쩍 뒤집힌 모양'이라는 '발라당'의 준말이 되고 '까지다'와 함께 쓰여 경거망동하는 사람을 일컫게 된 것은 한자의 뜻과 한글의 음이 다른 탓이다. 식민지 시절, 일본이 행정 편의를 위해 동네 이름을 한자로 바꾸면서 이런 사정을 가진 동네 이름은 수없이 많다. 방구리, 방광리, 대가리, 우동리, 파전리, 소주리, 망치리, 연탄리, 고문리, 목욕리, 성내리, 대박리, 손목리, 국수리, 고도리 등. 한자로는 심오한 뜻과 사연을 갖고 있겠지만 부르고 나면 웃음이 지어지거나 인상이 찌푸려지게 된다. 그리고 동병상련의 마음이 되어 그곳에 사는 사람들이 동네 이름으로 인해 겪었을, 앞으로도 겪을 고충과 웃음이 내게 고스란히 전해진다.

이름이 갖는 위력은 점점 커지고 있어 자신의 이름을 바꾸거나 상호를 바꾸어 성공하는 기업이 늘고 있다. 행정구역상 통폐합되거나 옛 이름을 되찾은 동네도 가끔 볼 수 있다.

어떤 사람은 파주 시청에다 동네 이름을 바꿔 달라고 건의해 보라

하지만 오랜 세월 행정적으로, 혹은 어떤 사연으로 굳어진 동네 이름을 바꾸기란 쉽지 않을 것이다.

그래도 내가 사는 동네 이름이 대가리나 망치리가 아닌 것을 그나마 다행으로 여겨야 할 것 같다. 명랑하고 발랄하다 못해 발라당 뒤집어질 이름 발랑리. 발랑리에서 오래 살다 보니 동네 이름을 말할 기회는 많이 줄었다. 그러나 새로운 사람을 만나게 되어 "어디 사세요?" 하고 물으면 이젠 이렇게 대답한다.

"발랑 까진 동네에 살아요."

겉과 속이
다른 놈

　우리 집은 종갓집에다 손님이 많은 편이라 냉동고는 늘 비상식량으로 가득하다. 그중 항상 빠지지 않고 자리를 차지하고 있는 것 중 하나가 '아귀'다. 불교의 육도(六道: 지옥, 아귀, 축생, 수라, 인간, 하늘) 중 하나인 아귀(餓鬼)에서 이름을 따온 놈의 이름을 직역하면 굶주린 귀신이다. 아귀도는 생전에 탐욕이 많은 자가 죽어서 가는 곳으로 음식물을 구해도 먹으려 들면 불이 되어 먹을 수 없는 형벌을 받는 곳이다. 따라서 아귀도에 떨어지지 않으려면 생전에 악행을 금하고 보시와 자선을 하라는 불교의 가르침을 담고 있다.

　생선인 놈에게 이런 끔찍한 이름이 붙게 된 것은 생김새와 특성 때문이다. 몸길이의 3분의 2가 머리인 괴기스런 모양과, 아래턱이 위턱보다 튀어나온 커다란 입으로 자기의 몸집만한 먹이를 통째로 삼키는 탐식성이 굶주린 귀신이라고 불리게 된 것이다. 시꺼머죽죽한 피부와 미끄덩거리는 촉감도 불쾌하다. 그래서 예전 어부들이 놈을 잡으면 배를 갈라서 통째로 삼킨 생선을 꺼낸 후, 재수 없게 생겼다고 바다에 텀벙 빠트렸다 해서 물텀벙이라고도 한다. 『자산어보(慈山魚譜)』에는 조사어(釣絲魚)라 하였고 속명을 아구어(餓口魚)라 했으니 그 큰 입을 굶주림으로 보았던 거다. 경상도에서는 아구, 여수에선 아꾸, 경남에선 물꿩, 서해안에선 꺽정이, 함경남도에선 망청어, 함경북도에선 망챙이라고 불리는 아귀.

그 흉물스런 외모 때문인지 아귀는 꼭 배를 갈라놓고 판다. 미색의 살과 내장이 다 드러난 뱃속의 빛깔은 겉모습과 달리 화사하다. 쓸개와 이빨을 제외하곤 버릴 게 하나도 없는 데다 쫀득한 껍질과 뼈 사이에 붙은 연골엔 콜라겐도 풍부하다. 다른 생선에 비해 칼로리는 적고 비타민 A가 풍부해 피부미용에도 좋다. 특히 아귀의 간은 푸아그라에 버금가는 맛으로도 유명하다. 흰 살의 담백함도 좋지만 내장의 깊고 부드러운 맛도 일품이다. 게다가 항암 효과까지 있다고 하니 아귀 입장에선 억울하겠지만 겉과 속이 다른 놈이다.

버리다시피 했던 아귀를 1960년대 중반쯤, 경남 마산 오동동에서 장어국을 팔던 할머니가 북어처럼 말려 요리했는데, 비린내가 심해서 콩나물과 된장을 넣어 담백한 맛을 낸 것이 오늘날 아귀찜의 유래라고 한다. 음식 궁합상 비타민 C를 보충하고 독성을 제거하기 위해 콩나물과 미나리를 첨가했다는 말도 일리가 있다.

아귀는 이렇게 찜으로 먹는 것이 보통이지만 맛이 강해 자주 먹기는 힘들다. 아귀를 더 많이, 자주 먹을 수 있는 방법으로 생각해 낸 것이 탕과 구이이다. 동해에서 '곰치국'이라는 음식을 먹어 보고 힌트를 얻었다. 곰치국처럼 묵은지를 넣어 끓이다가 청양고추와 파를 넣어 먹는다. 지리는 복어나 대구지리처럼 끓이는데 콩나물과 미나리를 넣어 끓인 아귀지리는 비싼 복어지리 못지않다.

구이는 아귀를 사 온 날 내장만 골라 간장 양념을 해서 팬이나 그릴에 구워 먹거나, 물에 살짝 데쳐서 와사비 간장에 찍어 먹기도 한다. 그러니 냉동실에 아귀만 있으면 별 걱정이 없다. 손님이 오면 찜으로, 입맛이 없을 땐 아귀탕으로, 해장이 필요한 날엔 아귀지리로, 색다른 반찬이 먹고 싶을 땐 아귀구이로 먹으면 된다.

아귀로 요리를 자주 해 먹으면서도 놈의 생김을 제대로 본 것은 한참이나 지나서였다. 어느 날 제수용 생선을 사러 이른 시간에 어전을 둘러보던 나는 좌판에 놓인 시꺼먼 물체가 궁금했다. 처음 보는 그것은 도저히 생선이라고는 여겨지지 않았지만 아귀였다. 미처 배를 가르지 못한 한 마리. 내 입에선 충격을 못이긴 헉! 소리가 튀어 나왔다. 저걸 여태 맛나게 먹었다니……. 원효가 전날 밤 시원하게 마신 물이 해골바가지에 담긴 물이라는 것을 알았을 때의 기분이랄까? 아무튼 흉측 망측한 놈을 그대로 놓고 팔았다간 아무도 사가지 않을 것이므로, 어전엔 나 잡아 잡수쇼~라는 듯 뱃속을 다 드러낸 아귀만 놓았고, 하여 나는 처음부터 놈의 뱃속만 보고 선택을 하게 된 것이니, 만약 고등어나 대구처럼 통째 놓고 팔았다면? 재수 없게 생겼다며 바다에 던져 버린 어부의 심정이 이해가 되는 것이다.

겉과 속이 다른 것은 인간사에 있어서도 다반사다. 점잖고 품위 있게 생긴 사람이 몰염치하고 비열한 언행을 보이거나, 친절과 애정으로 신뢰를 준 사람이 자신의 이익을 취한 후 배신하는 경우, 인상이 소도둑놈 같거나 뺑덕어미 같은 사람이 넉넉하고 따뜻한 배려를 베풀 때, 누추하고 초라한 행색을 하고 다니던 사람이 많은 재산을 기부하는 모습에서 겉과 속이 다른 사람들을 보게 된다.

나 역시 뺑덕어미 버금가는 깍쟁이 인상 덕분에 한참이 지나서야 겉과 속이 다르다는 이야기를 많이 듣곤 한다. 생긴 것보다 좀 낫다는 뜻이겠지만 그럴 때면 뱃속을 훤히 드러내고 누운 아귀가 부럽기만 하다. 준수한 외모를 타고 났다면 거기에 걸맞은 내면을, 좋지 않은 인상이라면 타인의 눈에 보이는 것과 다르게 내면을 채워 가야 할 것이다. 일본의 관상학자 미즈노 남보쿠(水野南北)는 관상보다 심상(心相)이, 심상보다 식상(食相)이 중요하다며, 보이는 것보다 의지와 노력으로 일군 내면이 삶을 변화시킨다고 했다. 중요한 것은 눈에 보이지 않는 법. 그러므로 사람이든 생선이든, 함부로 판단하지 말 것, 편견을 갖지 않을 것을 다짐하며 이쯤에서 나는 억울한 아귀에게 이름 하나 지어 주고 싶다. 이로운 귀신, 이귀(利鬼)라고.

저는요……

　저는요, 1959년 서울 회기동에서 출생했다네요. 제가 태어나고부터 가세가 기울어 서울 변두리로 밀려나 살았답니다. 초등학교 4학년 때 처음 반장이 되었는데 선생님이 부잣집 아이와 가난한 집 아이를 차별하는 것을 보고 실망했던 기억이 납니다. 그때부터 세상과 어른에 대한 회의가 생기기 시작한 것 같아요. 그즈음 병환으로 시골집 사랑방에 누우셨던 아버지는 제가 중학교 1학년 여름방학 때 위암이 폐로 전이되면서 돌아가셨습니다.

　죽음이 뭔지, 슬픔이 뭔지 몰랐지만 아버지가 돌아가신 시골집 사랑방 마루에 앉아 있던 열네 살 소녀의 눈에 투영된 것은 스러져가는 것들에 대한 허무였지요. 사랑채를 둘러싼 금이 간 돌담과, 빛바랜 기왓장과, 낮은 담장 넘어 보이는 폐허가 된 연못과, 진공 같은 적막 위에 쏟아지던 눈부신 여름 햇살 같은 것들이 저에게 시를 쓰게 했던 것 같아요. 이후 아버지의 부재는 결핍을 동반한 정신적 공허와 실존에 대한 회의를 몰고 와 자살 충동에 시달리기도 했습니다.

휘경중학교 1학년 담임이셨던 이인환 선생님은 제가 학교를 졸업할 때까지 등록금보다 더 많은 장학금을 타게 해주셨고, 2학년 담임이셨던 오연진 선생님은 무엇을 하면 행복한지 고민하게 해주셨으며, 3학년 담임이셨던 신선규 선생님은 제가 지금껏 아버지처럼 따르고 존경하는 분으로 처음으로 제게 글을 써보라고 하신 분이랍니다. 이분들이 지금의 제 인생에 기둥이 된 셈이죠.

1978년에 배화여고를 졸업했어요. 국립대는 실력이 부족하고 사립대는 등록금이 없고 삼류대는 자존심이 상해서, 대학 진학을 미루고 제일은행에 입사했답니다. 그러나 돈 벌어서 대학 가겠다는 계획과는 달리 노이로제, 심장병, 폐결핵, 간염, 소장결핵, 신우신염 등 병치레가 이어졌지요. 저는 병원에 누워 있어도 월급 주는 직장을 떠날 수가 없었습니다. 육체의 허약은 정신의 허약까지 불러와 영혼까지 사랑한다고 믿었던 첫사랑과 5년 만에 헤어졌어요. 자학에 가까운 배신을 통해 육체뿐 아니라 정신적 타락으로 온전히 몰락하고 픈 위악과 방종의 시절이었던 것 같아요.

1981년, 병 덩어리인 저와 결혼하겠다는 사람이 나타났고, 저는 인생을 포기하는 마음으로 결혼을 했답니다. 출산 이후 건강이 회복되면서 가정이라는 울타리와 경제적인 여유가 주는 세상의 안락함에 빠져 아무 생각 없이 살았지요. 1997년 9월 30일, IMF로 구조조정이 시작되면서 핑곗김에 퇴직을 결심했지만 막상 은행 문턱을 나서는 날은 출소하는 죄수처럼 세상의 햇빛과 자유가 두려웠습니다. 그리고 무엇을 해야 할지 몰라 백화점 문화센터를 기웃거리며 이것저것 취미활동을 시작했지만 만족이 없었습니다.

1999년 12월 31일이 되자 저는 조바심이 났어요. 우울증으로 몇 번의 자살 준비를 했던 내가 새 천년을 맞게 된다는 것이 믿기지 않는 것이에요. 드디어 2000년 1월 1일, 태양은 아무 일도 없는 듯이 떠올랐고, 저는 그 비현실적인 현실을 받아들이기 위해 무언가를 해야만 했어요. 그때 떠오른 것이 "내 꿈은 뭐지?"라는 질문이었습니다. 당장 한국방송통신대학 국어국문학과에 입학 수속을 밟아 3월에 입학했지요. 4년 동안 입시생처럼 공부만 했던 시간들과 시반 동아리 '풀밭'에서 스쳐간 인연들이 그립네요. 그러다 졸업 후 2004년 12월부터 임헌영 선생님 밑에서 수필 공부를 시작하게 되었습니다.

2006년 5월 『에세이플러스』가 창간되면서 인터뷰 기사를 쓰게 되었지요. 고은 조정래 김주영 정호승 권지예 전경린 함민복 등 유명 작가들과의 만남은 설렘에 앞서 두려움이었답니다. 한 작가를 만난다는 것은 한 우주와 만나는 것이고, 그의 전 생애와 만나는 것이었으니까요. 그들 대부분은 불우와 상처를 딛고 고통을 승화시켜 피워낸 한 송이 꽃이며 화엄의 세계였어요. 저는 그들을 통해 상처투성이였던 내 어릴 적 불우는 엄살이었음을, 부족한 실력과 능력은 환경 탓이 아니라 내 모자란 열정 탓이었음을 깨닫게 되었지요. 저를 믿어 주시고 인터뷰의 기회를 주신 임헌영 선생님이 얼마나 감사한지요. 또한 글을 쓰면서 철학 공부의 필요성을 깨닫고 찾아간 곳에서 만난 김홍근 선생님도 은인이랍니다. 철학보다 마음공부를 통해 '본래면목'을 깨우쳐 주셨지요. 간화선을 통해 모든 종교를 초월하고 포용할 수 있게 된 것도 제게 큰 의미였습니다. 또 한 분의 스승은 맹난자 선생님이십니다. 주역으로 우주와 인간의 이치를 깨닫게 하시고 명리를 통해 운명을 받아들이게 하시고 공부로써 성인이 되라 일러주심에 두 다리와 마음이 튼튼해졌으니까요.

어느덧 육십을 바라보는 나이가 되었네요. 한때는 감정의 사막화를 걱정했는데 세월이 흐를수록 감정의 홍수에 허우적거리는 저를 바라봅니다. 슬픈 일은 물론이고 누가 우는 모습만 봐도, 반가운 사람을 만나도, 기쁜 일이 생겨도 마음에 눈물부터 고이는군요. 지금껏 살아 온 것에 대한, 지금 살아있는 것에 대한 감사인 것 같아요.

복이란, 누군가 나를 일그러뜨리는 것이라는 소강절 선생의 말씀이 생각납니다. 해서 누가 나를 일그러뜨리는 것에 이젠 분노하지 않습니다. 또 화(禍)란, 내가 누군가를 일그러뜨리는 것이라니 어찌해야 화를 피하는지도 알았구요. 큰 목표도 없고 욕심도 별로 없답니다. 다만 꼭 이루고 싶은 것은, 이전에 내가 상처 준 사람이 있다면 어루만져 줄 기회를 찾고, 남은 생은 누구에게도 상처 주지 않는 사람으로 살다 죽고 싶습니다. 이 나이에 이르고 보니 이해 안 되는 것이 정치 빼곤 별로 없는 것 같네요. 있는 그대로 인정하고 받아들이는 연습으로 나와 너, 우리 세상, 우리의 초록별이 모두 편안하길 바랄 뿐입니다.

3장

캐서린,
당신 지금 행복한가요?

그런데 말이에요. 세상의 모든 사랑이 동질성과 동량성을 지녔다면 말이에요. 세상의 위대한 예술은 어쩌면 절반만 탄생했을지도 몰라요. 너와 나의 감정이 다르고 용량이 다른 것 때문에 괴롭기도 하지만, 그것 때문에 설레고 갈등하고 이별하고…… 죽을 것 같은 슬픔에 무언가를 쏟아 놓게 되는 것, 그러다 문득 성숙해지는 것…… 사랑의 매력은 이런 것 아니겠어요?

캐서린,
당신 지금 행복한가요?

_영화 〈잉글리시 페이션트〉의 주인공에게

"내 사랑 당신을 기다리고 있어요. 어둠 속에 얼마나 있을지……
이제 불도 꺼지고 너무나 추워요. 밖에 나갈 수만 있다면 해가 있
을 텐데…… 그림을 보고 글을 쓰느라 전등을 너무 소비했나 봐요.
우린 죽어요. 죽어 가고 있어요. 많은 연인들과 사랑들이…… 우리
가 맛 본 쾌락들이…… 우리가 들어가 강물처럼 유영했던 육체들
이…… 이 무서운 동굴처럼 우리가 숨었던 두려움이…….

그러나 이 모든 자취가 내 몸에 남았다면 우린 진정한 국가예
요. 강한 자들의 이름으로 지도에 그려진 선이 아니에요. 당신은 나
를 바람의 궁전으로 데려가겠죠. 그게 내가 바라는 전부예요. 그런

곳을 당신과 함께 걷는 것. 친구들과 함께 지도가 없는 땅을 걷는 것…… 전등도 꺼지고…… 어둠 속에서 이 글을 쓰고 있어요."

캐서린, 당신이 동굴 속에서 죽음을 맞이하며 쓴 편지를 듣고 있으려니 그 담담한 체념이 두렵다는 말보다 더 슬프네요. 당신의 주검을 안고 동굴을 나서는 알마시도 처음으로 오열을 터트렸죠. 그래요. 알마시는 당신을 바람의 궁전으로 데려갔어요. 지금은 당신의 국가에서 알마시와 친구들과 거닐고 있겠지요. 전쟁이 없는 그곳에서 당신 지금 행복한가요?

제2차 세계대전이 일어나기 전인 1930년대 후반, 영국인인 당신은 남편과 경비행기를 타고 사하라 사막에 도착했지요. 그곳에서 처음 만나는 헝가리 출신의 고고학자 알마시 백작에게 악수를 청하며 "당신이 쓴 사막에 관한 논문 읽어 보았어요. 수식어 없이 그렇게 긴 글을 쓰는 사람을 만나보고 싶었어요."라고 첫 인사를 했지요. 그때 이미 알마시에게 당신은 특별한 여인이었을 거예요. 그리고 국제사막클럽 파티가 있던 날 말이에요. 당신과 춤을 추면서 당신의 눈을 빨아들일 듯 바라보던 알마시의 눈빛을 잊을 수가 없군요. 사랑은 이렇게 아무런 연고도 없이, 느닷없이, 벼락처럼 찾아오는 것임을…… 그리고 그런 사랑은 대체로 위험하다는 것을 당신도 알마시도 아마 예감하고 있었을 거예요. 그러나 사랑은 제약적일 때 더 강렬하게 다가오는 것을 어쩌겠어요.

며칠 후 탐험가인 당신의 남편이 영국 정부의 지시를 받고 에티오피아로 혼자 떠나게 된 것은 우연이었을까요. 그곳에 남아서 사막 탐사대에 합류한 당신은 동굴을 발견한 알마시에게 동굴의 벽화를 그려서 내밀었지요. 알마시가 당신의 그림엽서를 거절했을 때, 그가 사랑을 얼마나 두려워하는지 당신은 알았어야 해요. 선물을 거절당한 당신은 언짢고 무안한 마음으로 유선의 사막 능선을 올라갔지요. 그곳에서 검푸른 하늘을 배경으로 담배 연기를 내뿜던 당신은 무슨 생각을 하고 있었나요. 이성과 지성으로 정염을 달래야 한다고 생각하지는 않은 것 같더군요. 모래 폭풍이 몰려오자 당신과 알마시는 차 안에 둘이 갇히게 되었고…… 긴 밤 내내 알마시는 당신의 금발을 만지작거리며 이야기를 들려줬어요. 두 사람은 즐거운 듯 웃고 있었지만…… 끝내 키스 한 번 안했지만…… 차 안 공기는 폭풍 전야처럼 터질 듯 부풀어 있었지요. 기다리지 않아도 봄은 오고 아무리 거부해도 올 사랑은 오고야 마는 것. 당신들 사랑이 만들어 낸 우연을 가장한 필연이었지요.

당신이 사막을 떠나 영국으로 돌아가던 날…… 아무 일 없는 듯 당신은 우아한 미소를 지으며 역사(驛舍)로 들어갔고, 알마시는 못내 아쉬운 표정으로 배웅을 마치고 집에 돌아와 침대에 쓰러져 있었지요. 인기척에 고개를 돌려보니 당신이 하얀 원피스를 입고 들어오고 있었구요. 떠난 줄 알았던 당신이…… 신부처럼 눈부신 드레스를 입고서 말이에요. 달려와 안기는 알마시에게 손찌검을 한 것은 떠나는 당신을 붙잡지 않은 것에 대한 원망이었겠죠. 당신이 억제했던 감정을 솔직하게 드러내자 알마시는 기다렸다는 듯이 무너진 거구요. 당신과 알마시의 격렬한 첫 키스…… 당신의 옷 앞자락을 찢어내며 알마시는 당신 속으로 들어갔지요. 첫 관계를 끝낸 당신의 나른한 표정과 늘 고독한 듯 우수에 젖어 있던 알마시의 얼굴에 차오른 행복감이라니…….

사랑은 그런 건가 봐요. 일상의 권태와 우수를 밀어내며 환희로 채워지는 것, 그 거부할 수 없는 치명적인 유혹에 갈증을 풀고 나면 목이 타들어 가는 인내와 고통의 시간이 뒤따른다는 것을 잠시 잊게 만드는 마약 같은 것 말이에요.

그런데 생각보다 너무 빨리 위기가 찾아왔지요. 행복에 젖어 욕조에서 알마시의 등을 안고 있던 당신은 물었어요. 뭘 싫어하냐고. "소유, 소유당하는 것. 여기서 나가면 날 잊어요."라는 알마시의 싸늘한 대답에 당신은 잠시 머뭇거리다 곧바로 일어서서 나가 버렸어요. 알마시는 왜 그런 대답을 해서 당신을 떠나게 했는지…… 당신을 사랑하게 되면 당신을 소유할 수 없는 것이, 그런 당신에게 함몰될 자신이, 그는 두려웠던 게지요. 소유당하는 것이 싫다는 그는 오히려 소유하고자 하는 욕망이 컸던 거예요. 사랑은 소유의 개념이 아니라 존재의 개념으로 나아가야 하는 것이지만 사랑이 시작될 땐 그게 어디 쉽나요? 그런 시행착오를 겪으며 시간과 함께 성숙해 가는 것이 삶이고 사랑이련만…… 첫 관계를 마친 남자가 그런 말을 하는 것은 분명 사랑에 서툴거나 어린아이처럼 순진한 거겠죠. 그런데 말이에요. 그렇게 사랑에 서툰 남자가 더 매력적이지 않나요? 캐서린 당신도 어쩌면 나와 같은 생각을 했을 거라 봐요. 알마시가 무작정 당신을 찾아왔던 날을 보면 그래요.

그날은 한여름에 맞이하는 크리스마스 파티였지요. 정원에서 서빙을 하고 있는 당신을 불러내 "아직도 당신의 체취가 느껴져. 당신이 보고 싶어서 글도 안 써져. 아프다고 쉬겠다고 해."라는 알마시의 부탁을 들어주죠. 그리고 건물 안 으슥한 복도로 당신을 데려가선 격렬한 키스와 애무를 퍼부었어요. 아, 그처럼 갈급하고 그처럼 격정적이고 그처럼 사랑을 대신하는 행위가 있을까요? 밖에서 들려오는 '고요한 밤~ 거룩한 밤~'이라는 캐럴송과 당신들의 사랑 행위는 거룩과 불륜으로 나눌 수 없는 생명, 그 자체였지요.

그렇게 다시 불붙은 당신은 급기야 남편의 거짓말에 속아 알마시의 집에서 하루를 묵게 되고, 그 모습을 당신의 남편은 차 안에서 모두 지켜보았지만 죽는 날까지 알은 체하지 않았어요. 그것은 사랑일까요? 아니면 비겁함일까요? 나는 사랑으로 읽고 싶네요. 들춰내서 당신을 잃으니 고통을 감수하는 것 아닐까요. 그런 남편을 두고 다른 남자와 사랑에 빠진 당신이 괴로워하는 모습은 인간적이었어요.

죄의식은커녕 미안함조차 못 느끼는 사람들에 비하면 말이죠.

두 남자 사이에서 괴로운 당신은 결국 알마시에게 이별을 통고하지만 그것을 받아들일 수 없는 알마시는 점점 이성을 잃어 갔어요. 드디어 제2차 세계대전이 시작되고 모든 활동을 중단한 국제사막클럽의 파티가 있던 날. 다른 남자들과 춤추는 당신을 지켜보던 알마시의 눈빛은 질투로 이글거렸지요. 급기야 밖으로 나오는 당신의 팔을 잡아채며 말했어요. "왜 그 놈 목을 껴안아? 당신은 파티다 뭐다 즐겁게, 아무 일 없었던 듯 잘 지내는군. 웃음이 나와? 나랑 춤출까? 내 것을 갖고 싶어. 당신은 내꺼야."라고요. 지적이고 이성적인 당신에 비해 그는 야성적이고 감정적인 사람이었지요. 자신의 사랑만큼 당신의 사랑을 얻을 수 없는 알마시는 얼마나 괴로웠을까요. 그래요. 위험한 사랑은 파멸을 향해 가지만 동질성을 잃어버린 사랑은 비극을 향해 가는 건가 봐요.

그런데 말이에요. 세상의 모는 사랑이 동질성과 동량성을 지녔다면 말이에요. 세상의 위대한 예술은 어쩌면 절반만 탄생했을지도 몰라요. 너와 나의 감정이 다르고 용량이 다른 것 때문에 괴롭기도 하지만, 그것 때문에 설레고 갈등하고 이별하고…… 죽을 것 같은 슬픔에 무언가를 쏟아 놓게 되는 것, 그러다 문득 성숙해지는 것…… 사랑의 매력은 이런 것 아니겠어요? 너와 나의 사랑이 불확실한 만큼 너와 나의 '자유'가 인정되는 것이니까요. 그것을 인지했는지, 혹은 어쩔 수 없는 포기였는지는 모르지만 그 이후로…… 당신과 알마시는 헤어졌지요.

그리고 얼마 후, 사막까지 전쟁터가 되면서 알마시는 철수 준비를 하고 있었어요. 벌판 위에서 가방을 챙기던 알마시는 자기를 향해 돌진하는 경비행기를 가까스로 피했지만 조종을 하던 당신 남편은 죽고 당신은 큰 부상을 당하고 말았어요. 부상당한 당신을 알마시가 비행기에서 꺼내는데 "남편은 모든 걸 알고 있었어요."라는 당신의 말은 많은 것을 함축하고 있었지요. 금지된 사랑은 그렇게 누군가의 상처를 먹고 자라는 건지도 몰라요. 당신의 남편은 알마시를 죽이려 했지만 정작 상처투성이인 자기가 죽었잖아요.

부서진 비행기 안에서 당신을 꺼낸 알마시가 당신을 안고 동굴로 걸어갈 때, 그는 당신의 쇄골절흔에 있던 골무 펜던트를 보며 말했지요. "아직도 이걸 간직하고 있네." 그때 "한 번도 당신을 사랑하지 않은 적이 없었어요."라는 당신의 말에 알마시는 감격과 고통의 눈물을 흘렸어요. 집착과 아집이었던 사랑이 '존재의 개념'으로 승화되는 순간이었지요. 그리고 동굴 속에 당신을 눕혀놓고 3일 만에 돌아오겠다며 알마시는 떠났어요. 그는 당신을 살리기 위해 3일 동안 사막을 걸어 연합군 측에 도움을 청했지만 탐험 지도 때문에 스파이로 오해를 받고 끌려가다 겨우 탈출을 하죠. 그러곤 독일군 측에 지도를 넘기는 조건으로 당신에게 돌아왔지만…… 당신은 이미 싸늘하게 식어 있었구요.

알마시는 친구가 놓고 간 영국제 경비행기에 독일군 기름을 넣고 당신의 주검과 함께 사막을 날았어요. 당신의 하얀 스카프가 휘날리는 것이 바람의 나라로 가는 듯했지요. 그리곤 적군의 사격을 받아 추락하게 되고…… 다행히 낙타상에게 발견되어 알마시는 온몸에 입은 화상을 치료받게 되었구요…… 기억도 잃어버리고 얼굴의 형체조차 알아볼 수 없게 된 그는 영국제 비행기를 타고 있었다고 해서 '영국인 환자'(잉글리시 페이션트)로 분류되어 연합군 보호소로 오게 되지요. 그리고 이송 중 이탈리아의 한 수도원에서 간호사 한나의 간호를 받으며, 분신처럼 간직했던 『헤로도토스』 책갈피에서 당신과의 사랑 이야기를 꺼내 듣게 되죠. 알마시에게 당신과의 사랑은 어떤 의미였을까요. 모든, 온 생이 그 사랑 하나로 관통되어 진 것, 그래서 오직 그것밖엔 아무것도 없는 것, 그랬을 것 같아요. 그러니까 알마시는 간호사 한나가 들려주는 자신의 사랑 이야기를 들으며 온 생을 기억해 내고 말죠. 또한 캐서린, 당신이 죽었다는 것도 알게 되구요. 당신과의 사랑이 알마시의 온 생을 불러내었지만 당신의 죽음을 확인한 알마시는 안락사를 원하고…… 그렇게 결국 알마시는 당신을 따라갔어요. 자기가 당신을 너무 사랑해서 당신이 죽었으므로 당신을 죽인 것은 자기라는 고백을 남기고요.

그래요. 전쟁만 사람을 죽이는 건 아니었어요. 사랑과 같은 뿌리에서 자라난 질투도, 누군가를 죽음으로 몰고 간 위험한 사랑도……

때론 전쟁처럼 목숨을 담보로 하고 있는 거더군요.

만약에 말이에요. 전쟁이 없었다면…… 그래서 알마시가 적군이 아닌 이웃의 도움으로 3일 만에 동굴로 돌아와 당신을 살렸다면 말이에요. 당신과 알마시는 성숙하고 행복한 사랑을 이어 갔을까요? 어쩌면 말이에요. 당신들의 사랑이 이루어지지 않았기에 영원한 사랑으로 남게 된 것은 아닐까요? 전쟁이 인간의 삶에, 사랑에 어떻게 개입할 수 있는지…… 그 한 단면에 불과하지만…… 운명적인 사랑이 숙명적인 비극으로 끝나는 것을 지켜보는 것은 슬픔을 넘어선…… 깊고 아득한 통증이었답니다.

캐서린, 당신의 말처럼 우린 모두 죽어요. 죽어 가요. 그래도…… 전쟁이 없는 곳, 인간이 선으로 그은 경계가 없는 곳, 그런 곳을 꿈꾸는 것을 멈춰서는 안 되겠지요?

그런 곳에 있을 캐서린, 당신 지금 행복한가요?

(2013년 『에세이스트』 올해의 작품상 수상작)

〈잉글리시 페이션트〉는 마이클 온다체라는 인도계 작가가 제2차 세계대전 중 자신이 들었던 실제 이야기를 소설로 쓴 것을 영화한 작품이다. 앤서니 밍겔라 감독에 의해 랄프 파인즈(알마시), 줄리엣 비노쉬(한나), 크리스틴 스콧 토머스(캐서린)가 열연한 이 영화는 1997년 개봉되어 제 69회 아카데미 7개 부문을 석권했다.
영화는 1944년 10월, 연합군 측의 야전병원에 실려 온 알마시가 이탈리아의 한 수도원에서 한나의 간호를 받는 현재 시점으로 시작해, 알마시와 캐서린의 만남부터 죽음까지의 과거가 계속 중첩되며 흘러간다. 전쟁으로 사랑하는 사람과 약속을 지키지 못한 알마시, 전쟁으로 사랑하는 사람을 계속 떠나보낸 한나를 통해 전쟁과 사랑, 삶과 죽음의 의미를 숙고하게 한다. 일부 평론가들은 20세기 최대의 걸작이라고 평한다.

여의도 광장의
약속

TV를 보던 내 동공이 커졌다.

PD수첩 화면에 '나는 아간이 아니다'라는 제목 아래로 유명한 목사님의 이름이 쓰여 있었다. '아간'은 구약성경 여호수아에 나오는 유다지파의 자손으로 여리고성 함락시 전리품을 몰래 감추었다가 화형에 처해진 인물이다. 사이비 교단이나 교주가 나올 법한 프로그램에 세계 최대 단일 교회 목사가 거론된 것만으로도 놀랄 일이지만, 그분은 내 첫 신앙의 인도자이며 내가 첫 사랑을 만난 교회 목회자이기에 놀라움은 더욱 컸다.

성스럽고 이성적이며 도덕적인 이상향을 갈망하고 추구하게 한 신앙과, 예측할 수 없는 사랑사이에서 휘청거렸던 날들…… 육체적인 사랑은 악이었고 정신적인 사랑은 선이었던 내 순수의 시절 속에 그 교회와 여의도 광장이 있다.

방송 내용은 원로 목사와 가족이 결부된 재정비리에 대한 것이었다. 사건의 진위 여부는 알 수 없으나 "나는 아간이 아니다."라는 목사의 외침이 변명이 아니라 진실이길 바라는 마음과 함께 대중의 영적 지도자에 대한 배신감이 나를 그 옛날 여의도 광장 한복판으로 데려간다.

오십대 초반에 남편을 잃은 엄마가 현실과 맞바꾼 것은 예수, 교회, 목사였다. 열일곱 살의 나는 엄마의 강요에 못 이겨 한 시간 반이나 걸리는 교회에 나가야 했고 그곳에서 처음으로 '죄인'이 되었다. 내가 따먹지도 않은 선악과 때문에 원죄를 부여받은 나는 믿기만 하면 그 죄를 사해준다는 예수를 죽은 아버지보다 더 사랑하게 되었다.

어느 날 신비한 영적 체험을 한 후 여름방학을 이용해 철야예배를 시작했다. 매주 금요일 밤 열 시에서 다음날 새벽 네 시까지 이어지는 예배였다. 당시엔 통행금지가 있어서 첫 차가 올 때까지 불 꺼진 예배당에서 기다려야 했지만 나는 예배가 끝나자마자 교회 밖으로 나왔다. 생애 첫 외박이 주는 야릇한 해방감과 스스로 불러일으킨 고독감이 데려간 곳은 교회 옆 여의도 광장이었다.

해뜨기 전, 어딘가 응축된 빛 덩어리가 한껏 몸을 사린 듯 긴장된 하늘 아래, 그 광활한 대지에 홀로 선 내 안으로 차오르던 것은 고독이 주는 충만함이었다. 그 절대 정적의 공간에서 먹빛 같던 하늘이 희부연해지며 새벽이 오는 모습을 꼬박 지켜보았다. 고백하건대 나는 환한 예배당보다 어둡고 광활하고 막막한 공간에 더 매료되었다. 그것은 행복감이면서 죄책감이었다. 거룩한 신성과 선한 이성을 추구하면서 동시에 감성의 노예임을 경험했던 자리. 알을 깨고 날아가는 한 마리 새를 보았던 자리였다.

그 남학생을 만난 것은 두 번째 철야 예배가 끝나고 교회 현관 앞에서였다. 그는 내가 사는 동네 작은 교회에서 고등부 회장을 맡고 있었다. 얼굴 한 번 보았을 뿐인데 먼 곳에 나와서 마주치니 반가움과 놀라움에 저절로 말문이 터졌다. 우리는 함께 여의도 광장으로 향했다.

은밀하기까지 한 어둠 속에서 주로 하나님, 성경, 믿음에 대한 이야기로 시작해 다음엔 가족사와 개인적인 얘기로 진전했다. 놀라운 것은 한 몸처럼 느껴진 일체감이었다. 이후 겨울방학으로 이어진 철야예배는 기도를 한다기보다 솔직히 그를 만난다는 기대감이었음이 분명했다. 하나님을 기만하고 본능을 위장하고 있다는 것에 대한 두려움과 세상 처음 한 이성을 향한 갈망과 그리움 사이에서 나는 마치 세상의 비밀과 갈등을 혼자 짊어진 듯 괴롭고도 황홀한 설렘으로 출렁거렸다.

결혼하자는 약속에 이른 것은 마지막 철야예배가 끝난 후였다. 가슴의 뜨거움으로 추위조차 느끼지 못했던 겨울 새벽, 여의도 광장에 섰였다. 그는 우리의 심오한 약속을 온 세상에 공표하려는 듯 '목련화'라는 가곡을 목청껏 불렀다. 드넓은 광장 가득 그의 목소리가 울려 퍼지고 힘겹게 어둠을 밀어내고 있던 광장이 후다닥 깨어났다. 그리고 '오 내 사랑 목련화야~'로 시작되는 노랫말은 내 심장과 늑골 구석구석 들어와 촘촘히 박혔다. 얼마쯤의 회의와 불온한 열정을 품게 되는 청년이 되기 전, 열일곱 살의 순수가 빚어 낸 약속이 지나고 보니 허황된 것일지라도 얼마나 눈물겹고 갸륵한 것인지…….

그와의 약속을 깬 것은 나였다. 가난한 전도사의 아들이었던 그는 S대학엘 들어갔고 나는 등록금이 없어 취직을 했다. 내가 대학을 포기할까 봐 그는 만날 때마다 문제지와 참고서를 내게 들이밀었다. 허나 은행에서 돈을 세고 있는 현실을 받아들일 수 없었던 내 몸은 이런 저런 병을 앓으면서 약해졌고, 내가 번 돈으로는 밥 한 끼도 먹지 않으려는 그와 다투는 것에 지쳐 갔다. 아니 그의 가난이 지겨워졌다. 거룩한 신앙 안에서 숭고한 사랑을 꿈꿨지만, 허약한 육체는 허약한 정신을 불러왔고, 정신적인 사랑이 주는 짐은 내게 무거워만 갔다.

이별도 운명이던가. 대문에 달린 우체통 속에서 '누가 나를 잊으며 돌아서는가 보다'라는 시구가 적힌 그의 편지를 발견한 날, 나는 다른 남자와 데이트를 하다 집 앞에서 기다리던 그와 길목에서 마주쳤다. 그 짧은 순간 그의 눈빛에 어린 당황과 배신감을 나는 보았다. 그리고 그 눈빛은 내 망막에 남아 나 스스로를 불신하는 계기가 됐고, 누군가를 배신했다는 죄책감은 오랫동안 나를 괴롭혔다.

그렇게 여의도 광장에서 시작되어 오 년여에 걸친 사랑은 누추하게 끝이 났다. 이별의 충격으로 그가 휴학을 했다는 소문이 들려왔고, 내가 결혼한 후엔 목사가 될 것을 서원했다는 소식을 들었다. 그리고 오늘 나는, 내 영혼을 부축했던 신앙과 내 첫 사랑의 지성소였던 여의도에서 들려오는 소식을 TV로 듣는다.

어느덧 여의도 광장은 여의도 공원으로 바뀌면서 거대한 빌딩들이 들어찼다. 오래전부터 나는 그 교회에 다니지 않는다. 세월이 흐르고, 풍경이 흐르고, 신앙이 흐르고, 사랑이 흐르고, 나노 흘렀다. 흐름 속에 모든 걸 용서 받는 것은 아니다. 돌이켜보면 부끄러운 청춘이었다. 보다 높은 이상과 이념을 위해 불의와 싸우길 두려워 않는 것이 청춘일진대, 가난 따위로 한 사람과의 신의를 저버리고 약속을 내 팽개친 내 청춘의 오류는 벌거벗은 것처럼 여전히 부끄럽다. 나 역시 누군가에게 깊은 상처와 배신감을 주었다는 사실을 떠올리자 내 치부는 잊어버리고 남의 허물에 흥분한 것 같아 또 부끄러워진다.

성숙한 삶이란 타인에게 상처를 주지 않는 것이라던가. 불완전한 인간이 성숙을 향해 가는 삶. 유명한 목사 또한 한 인간임에랴. 방송을 보며 느꼈던 배신감이 그저 한낱 실망감으로 누그러진다. 그날 그 골목길에서 마주쳤던 그 눈빛도 이제는 실망감으로 바뀌었길 바라본다.

15년 만의
해후

　봄비가 추적추적 내리는 도봉산 입구, 낮 12시. 일주일 전 매표소 앞에서 만나자던 전화 통화 후 달력만 쳐다봐도 마음이 실렜다. 내가 너무 늙어버린 것은 아닐까? 서로 모습은 알아볼까? 하는 질문을 되새김질하며 약속 장소에 미리 도착했다. 이제 막 연록의 잎사귀를 가득 피워 올리기 시작한 벗나무 주위를 서성이자 매표소 문이 열리며 모자를 눌러 쓴 남자 한 분이 나온다. "야야, 진희 아이가." 가까이 가니 옛 모습 그대로다. 조금 헬쑥해진 얼굴에 주름이 더 깊어졌을 뿐. 15년 전 스승의 날 찾아 뵌 후 처음이다.

　"선생님, 왜 이리 마르셨어요?"라는 나의 첫 인사에 "늙으면 영혼은 살찌고 살은 다 마르는 법이다."라며 예의 초탈한 미소를 지어 보이신다. "니 막걸리 할 줄 아나, 그럼 어데 가 뜨끈한 국물에 막걸리나 한 잔 하자. 오십 넘은 여제자하곤 술 한잔 해도 되겠제."

나무들이 시원하게 샤워하는 소리를 들으며 음식점들이 많은 도로변으로 향했다. 빗줄기가 제법 거센데도 몇몇 열성 등산객들이 비옷을 입고 지나간다. 그 잠깐을 걷는데 지난 기억이 빗물처럼 쏟아져 내린다.

중학교 3학년 때 만난 담임은 수학 선생님으로 교내에서 인격자로 소문난 분이셨다. 반장 선거를 하던 날이었다. 굳이 출마를 포기하겠다는 내게 "이유를 정확하게 대라."는 선생님의 추궁에 난 끝내 눈물을 보이고야 말았다. 자존심이 발밑으로 추락하는 것이 느껴졌다. 그 눈물로 출마 포기는 받아들여진 셈이 됐지만 나는 교무실에 불려가 선생님의 책상 옆에 한참을 서 있어야 했다. '제가 존경하는 선생님을 위해서 부잣집 애가 반장이 되었으면 좋겠어요.'라는 말을 마음에 숨긴 채.

내 고집을 못 꺾을 것을 아셨는지 선생님은 일어서서 창밖으로 시선을 둔 채 "니는 너무 오만하다."고 하셨다. 그땐 선생님을 배려한 내가 왜 오만한 것인지 몰랐다. 그러나 열여섯 살짜리 제자가 감히 스승을 배려하겠다는 것이 얼마나 큰 오만이었는지를 안 것은 세월이 많이 흐른 뒤였다. 그것이 계기가 되었을까. 이후로 나는 선생님과 편지를 주고받게 되었다.『데미안』,『죄와 벌』,『폭풍의 언덕』같은 책을 읽고 편지를 보내면 선생님은 아버지가 없는 내게 아버지처럼 격려와 설명이 담긴 답장을 주셨다. 까만 철 대문에 달린 우체통 속에 선생님의 편지가 담겨 있는 날이면, 열세 살 때 마지막으로 받았던 아버지의 편지가 계속 오는 것 같은 행복감에 젖곤 했다.

그러던 어느 날 선생님이 교무실로 나를 부르셨다. 마침 창턱에 앉은 산까치를 유심히 들여다보시던 선생님은 이런 저런 질문 끝에 "사람의 삶은 소설하곤 다르다. 훨씬 더 힘들다는 것만 잊지 마라. 그리고 니는 나중에 글을 써라."고 하셨다.

역시 그땐 글을 쓰라는 것의 의미를 몰랐다. 소설을 좋아했지만 그것을 쓴다는 것은 상상조차 해본 적이 없었으니까. 그러나 그때의 나는 세상 누구의 아버지도 부럽지 않은 충만으로 가슴이 뛰었다. 오랜 세월이 지난 지금까지 선생님이 말씀하신 '글'은 못 쓰고 있지만 '글'에 대한 애타는 사랑을 안고 살게 된 것은 분명 그때 선생님의 말씀 때문인 것 같다.

따끈한 순댓국 한 술을 넘기니 묶였던 그리움이 풀어져 눈가를 적신다. 너무 오랫동안 찾아뵙지 못한 죄송함과, 세상에서 처음으로 나를 한 인격체로 보아 주신 것에 대한 감사의 마음이었다.

"괴안타, 여제자들은 시집가서 애 낳고 살림하고 남편 시중드느라 다 바쁘다. 지 본분에 충실히 잘 살면 됐제, 내 한 게 뭐 있다꼬." 말씀 속에 서운함과 초연함이 함께 묻어 있다. 주말이면 친구분이 하시는 과수원에서 똥지게를 푸곤 한다며 시커먼 얼굴에 거친 손을 내보이시던 수학 선생님. 모범생이건 문제아건, 부잣집 아이건 가난한 집 아이건 똑같이 대해 주셨던 그는, 똥지게 푼돈을 모아 등록금을 못 내는 학생들의 학비를 대주곤 하셨다. 늘 무뚝뚝한 표정 속에 따뜻한 연민을 감추었던 분, 나지막한 경상도 사투리가 정겨웠던 그는 이미 시인이셨지만 2001년에 정식으로 등단하셨다.

"내 이제사 말인데 내도 그때가 참 힘들었다. 봄만 되믄 어데론가 자꾸 가고 싶은기라. 아가 셋인데…… 학교는 내가 아버지 노릇을 하게 해준 울타리인기라. 교육에 회의를 느껴 교감으로 명퇴를 하고 시골에서 국화꽃 농사를 지으며 살았제. 마누라가 고생이 많았다. 평생을 화장품 대리점 하믄서. 지금도 마누라 생각하면 자다가도 발끝이 저린다 아이가. 허허허."

그의 헛헛 웃음 속에 눈물이 고여 있다. 어느 누구의 삶이 고단치 않겠는가만, 시인의 심성으로 아버지의 자리를 지켜낸 그의 삶이 한 편의 시처럼 펼쳐진다. 얼마 전엔 지하철 역사에 당신의 시 「백목련」이 걸렸다며 이제 마누라한테 면목이 쬐끔 섰다고 말하는 그의 주름진 이마가 목련꽃처럼 환하다.

오랫동안 찾아뵙지 못한 이유를 그는 묻지 않았다. 붉어지는 내 눈시울에 이유 같은 것은 중요하지 않았으리라. 감추어진 영혼의 끈이라도 있는 것인지, 15년이라는 세월의 간격이 종잇장만큼 얇게 느껴진다. 순댓국집을 나와 비 오는 길을 걸었다. 담장 밖으로 뚝뚝 떨어진 목련 꽃잎에 선생님의 시가 얹힌다.

"(중략) 초야 치른 목련꽃술/ 이울었다 돌아서랴 // 봄날은 한마당 초례청/ 미추(美醜)없는 꽃불이 타오른다."(신선규, 「백목련」)

세상일이든 사람이든 첫 마음을 잊지 말라는 뜻의 시구가 일침이 되어 가슴에 꽃불이 켜진다. 그 옛날 선생님의 편지를 받을 때마다 마음속 어둠을 하나씩 몰아내 주던 그 등불처럼. 팔순을 앞둔 선생님과 도봉산역에서 헤어지면서 '그동안 받은 은혜에 보답할 수 있게 오래 사셔야 해요.'라는 말은 못했지만 그 말없음이 더 간절함을 아시는 듯, 오른손을 들어 보이시며 황급히 지하철에 오르신다. 봄비 속으로 멀어져가는 열차의 뒷모습이 사라질 때까지 선생님을 따라 올린 내 손은 내려올 줄을 몰랐다.

(제4회 한국산문문학상 수상작)

눈물 선물

오래된 책장 서랍에서 추억 하나를 꺼내든다. 세월이 아무리 흘러도 잊혀지지 않는 순간들이 있다. 네 살 무렵, 엄마 등에 업혀 삐걱거리는 계단을 올라가던 병원의 공포, 서울의 중심에서 변두리로 밀려나 세들어 살던 집의 옥빛 쪽문, 아버지가 암으로 누워 계시던 시골집 사랑채…… 그 앞마루에서 내려다보이던 폐허가 된 연못, 처음 안경을 썼을 때 선명하게 다가 온 세상의 낯섦 등, 등, 등.

서랍 속에 들어 있던 추억은 안경이다. 선글라스로나 써야할 만큼 큰 검은 뿔테는 자다 일어난 얼굴처럼 푸석하고 렌즈는 요즘 것보다 두 배쯤 두껍다. 다리를 벌려 껴보니 눈앞이 어찔하다. 그때는 지금

보다 시력이 많이 나빴나 보다. 하긴 안경을 끼기 전까지 지나가는 선생님께 인사 안 한다고 혼나고 친구들한텐 자기를 못 본 체했다고 구박받던 생각이 난다. 나쁜 시력 탓에 늘 양미간을 찌푸려 선생님과 친구들은 나에게 '고뇌 정'이라는 별명을 붙여 주었다.

내 양미간의 주름을 펴준 이 안경은 중학교 2학년 때 담임선생님이 주신 선물이다. 암울했던 청소년기의 어느 날, 선생님으로부터 받은 안경이라는 선물은 마음의 주름까지도 펴게 했으며, 세상과 어른에 대한 편견을 벗게 하였고 사람이 사람을 치료할 수 있다는 것을 알게 했다.

처음 반장이 되었던 초등학교 4학년 때 나는 모든 선생님이 훌륭하지 않다는 사실을 알았다. 부잣집 아이를 편애하고 부당한 언행을 하는 선생님이 있는 어른의 세계는 어린 나를 실망시켰고 커서도 잊지 않겠다는 다짐을 하게 했다. 그런 세상과 어른에 대한 부정적인 시각은 칭찬인지 비난인지 알 수 없는 '애늙은이'라는 꼬리표를 내게 달아 주고 어깨를 움츠리게도 했지만, 대신 공부와 책 읽기에 빠지게 했으니 '새옹지마'라는 말로 그 시절을 위로하기로 한다.

중학교 2학년이 되었다. 한 해 전에 아버지를 잃은 냉소적이고 우울한 소녀는 누구에게도 무시당하지 않고 상처받지 않으리라는 다짐을 하며 새로운 담임과 마주했다. 자신의 이름을 '오연진'이라고 칠판에 써놓고 돌아서는 선생님의 첫인상은 보름달을 닮았다. 동그

스름한 얼굴에 다정하고 귀여운 듯한 미소와 교양 있고 우아한 말씨에 순간 매료되었지만 나는 애써 외면했다. 상처받지 않기 위해서는 누구든 함부로 믿거나 기대하면 안 되고 적당한 간격이 필요하다는 것을 사랑보다 먼저 알아버린 것이다.

그리고 또 반장이 되었다. 선생님께 죄송스럽기도 하고 전교 1, 2등을 다투는 아이들과의 경쟁도 걱정스러웠다. 학급 일에 전혀 도움을 주지 못하는 엄마가 미웠고, 재산 다 팔아 병치레하고 돌아가신 아버지가 원망스러웠다. 그러나 놀랍게도 일 년 동안 나와 엄마 사이에 학급일로 아무런 갈등이 일어나지 않았다. 담임선생님은 공적인 일은 공평하게 나누었고, 누구도 차별을 두지 않았으며 권위는커녕 친구처럼 우리를 대해 주셨다. 밝고 민주적인 선생님 아래 우리 반은 성적도 1등, 미화도 1등, 합창 대회에서도 1등을 기록하며 전교에서 모범반으로 소문이 났다. 돌이켜보니 야단칠 때조차 미소를 잃지 않던 선생님의 모습은 영화 〈죽은 시인의 사회〉 속의 키팅 선생을 떠올리게 한다. 숨 막히는 규율로 무장한 영국의 명문 고등학교에서 학생들에게 자유로운 정신과 따뜻한 인간애를 불러일으키며, 진정한 교육이란 무엇인지 생각하게 했던 영화 속 키팅 선생역의 로빈 윌리엄스 말이다. 키팅 선생이 '카르페 디엠'(현재를 살라)이라는 말로 참다운 인생에 눈뜨게 했다면 오연진 선생님은 "니가 뭘 할 때 행복한지 생각해봐."라는 말로 그 당시로선 알 수 없었던 '행복'을 고민하게 하셨다. 성적이 엉망인 아이에게도, 숙제를 안 해 온 아이에게도, 말썽을 피워 불려간 아이에게도 야단의 끝은 늘 행복타령이었다. 성적과 상관없이 한 가지라도 잘 하는 것이 있으면 의아할 정도로 칭찬을 해주신 것이 무슨 의미였는지 이제야 알겠다. 행복에 대한 상(象)이 없던 나는 그것을 즐거움으로 해석했고, 행복을 동화책 읽을 때 즐거웠던 기억을 살려 '소설 읽기'로 채웠다. 무모하게도 열 권짜리 세계문학전집 독파를 목표로 하는 바람에 방학 동안 거의 초주검이 되어 한약까지 달여 먹게 된 것은 웃지 못할 일이었다. 이처럼 한두 달로 끝나지 않은 선생님의 진심어린 모습은 나를 점차 감동시켰고, 그것은 감춰진 화농을 터트리게 했다. 그것이 물처럼 흘러 새살이 돋게 한 것은 내 눈에 이상이 생기면서 시작되었다.

여름방학 동안 책을 너무 많이 읽어서인지 2학기가 되자 점점 칠판의 글씨가 흐려졌다. 친구의 양해를 구하고 선생님 허락을 받아 맨 앞자리로 옮겨 수업 시간은 해결됐지만, 조금 먼 곳에 있는 사람과 글씨가 분간되지 않는 것은 불편한 일이었다. 찡그리고 있는 나를 볼 때마다 생글생글 웃는 얼굴로 "주름 펴!"라고 지적해 주시곤 하던 담임선생님이 어느 날 내게 교무실로 오라고 하셨다.

"진희야, 이거 써봐." 하며 내민 것은 안경이었다. 너무 개인적인 호의라 당황했지만 거절할 상황도 아닌 것 같아 나는 안경을 받아서 썼다. 순간 나도 모르게 어머! 소리가 튀어 나왔다. 장님이 눈을 뜬

심정이랄까. 늘 안개에 싸인 듯 흐릿하던 세상이 현미경을 들이댄 듯 명료하게 나타났다.

"잘 보인다니 다행이네. 나는 또 있으니까 너 가져. 선물이야……."

안경을 받아 들고 교무실을 나서는 내 눈에선 뜨거운 눈물이 흘렀다. 학생이 선생님께 선물을 드리는 줄만 알았지 선생님이 학생에게 선물을 준다는 것은 상상도 못했던 일이었다. 순간, 내 안에 뭉쳐 있던 무엇인가가 녹아내리고 마음의 빗장이 힘겹게 풀리는 소리가 들렸다.

세월이 흐른 후에야 선생님이 한 번도 안경을 끼지 않았다는 사실을 깨달았다. 내가 자존심 상해 할까봐 당신이 쓰던 건데 필요 없다며 주신 거였다. 칠판에 큰 글씨부터 작은 글씨까지 써놓고 짚어 가며 묻던 것이 자리 배정 때문인 줄 알았는데 나의 시력을 가늠하셨던 거였다.

세상이 흑과 백으로 나누어있지 않듯, 사람 또한 선악으로 나눌 수 없음을 가르쳐 주신 분. 상대방의 인격을 존중하고 매사가 공정하면 존경받는 사람이 된다는 것을 알게 한 분. 어린 제자의 여린 영혼을 들여다보고, 각자의 재능을 찾게 해 주신 분. 빛나는 세상을 환한 얼굴로 볼 수 있게 안경을 선물로 주신 분. 당시로는 드물게 원어 발음의 영어 선생님이셨던 그분은 우리가 졸업 후 얼마 지나지 않아 캐나다로 이민하셨다. 언젠가 수소문해 보았지만 연락할 길이 없었다. 눈물까지 선물로 주신 선생님과의 추억을 더듬자니 40년 전의 검은 뿔테 안경 속에서 선생님이 내게 이르신다.

"진희야, 너도 세상을 아름답게 볼 수 있는 선물을 많이 하렴……."

기적

〈기적〉은 중학교 2학년 때 단체 관람으로 본 영화였다. 정서적으로 예민한 시기이기도 했지만 종교와 사랑에 대한 충격은 이후로 내 삶에 큰 영향을 끼쳤다.

영화는 사랑하는 남자와 신앙 사이에서 갈등하는 마리아 수녀가 수녀복을 벗고 수녀원을 나갔다가 돌아오기까지의 여정을 그리고 있다. 그녀가 나가고부터 3년간 가뭄이 이어지다가 그녀가 다시 돌아온 날부터 비가 쏟아지고, 그녀와 함께 사라졌던 성모상이 다시 나타난 사실을 두고 사람들은 '기적'이라고 했다. 인간의 어떤 행위보다 신에 대한 절대 믿음을, 그것도 강제된 믿음이 아니라 자유의

지에 의한 믿음을 보여 준 것이지만, 어렸던 내게 그 신은 인간의 무모한 욕망도 기도하면 이루어 주는 '신'으로 각인되었다. 그리고 오랫동안 모호한 많은 것들을 떼쓰듯 기도했고, 순리에 의해 이루어질 만한 것임에도 나는 그것을 하나님의 기적이라 믿고 살았다. 기복적인 기도와 감사로 일관된 신앙생활은 불우한 환경을 극복하는 힘이 되고 슬픔을 정화하는 기폭제가 되었지만, 근본적인 삶의 부조리를 이해하기엔 턱없이 부족했다. 그리하여 내 나이 불혹의 경계를 넘지 못하고 인생의 뒤편으로 사라져 버린 신앙을 따라 내 삶에서 기적도 사라져 갔다.

이제 나는 '신'이라는 자리에 에너지라는 '기'를 대체하며 산다. 기독교도 불교도 힌두교도 다 함께 인정되는 자리, 무엇보다 '나'가 중심인 자리, 우주와 함께 호흡하는 자리, 터무니없는 기적을 소원하지 않으며 어떤 결과도 인과응보로 받아들여지는 자리, 집중과 명상으로 평안이 깃드는 자리, 그곳에서의 기도와 감사는 몸과 마음이 일치되어서 좋다.

고등학교 전 학년을 같은 반에서 공부했던 40년 지기 친구가 있다. 오래되고 친한 친구 중 한 명인 그녀는 영락교회에서, 나는 순복음교회에서 독실한 신앙을 키워 갔다. 문학적인 감성도 일치해서 '영원한 벗'으로 시작되는 긴 편지를 하루가 멀다 하고 주고받았다. 졸업 후에도 공백 기간 없이 서로 모든 것을 주고받았던 유일한 친구이며 가족보다 나를 훨씬 많이 알고 있는 친구였다. 그런 친구가 혈액암 말기라고 연락이 왔다. 정확한 병명은 다발성 골수종으로 십만 명 중 두세 명이 걸리는 희귀성 난치병이라고 했다. 오십대 중반, 목숨 줄을 놓기엔 이른 나이이다. 그리고 그녀와 나 사이엔 풀어야 할 것이 있었다. 그녀가 입원하고 있는 병원으로 달려갔다.

핏기 없는 얼굴로 침대에 누워 있는 친구의 눈빛을 보는 순간 마음이 울컥했다. 미안함이었다. 최근 2년 동안 나는 그녀와 처음으로 연락을 끊었었다. 종교 문제였다. 큰 교회에서 존경받는 권사인 그녀와 언젠가부터 교회든 절이든 종교의 목적은 다 똑같다고 말하는 나 사이엔 어색함과 냉랭함이 있었다. 그리고 내가 먼저 당분간 모임에 나오지 않겠다고 했으니 그녀와 나 사이에 처음으로 흘렀던 지난 공백 기간이 모두 내 탓인 듯 여겨지는 거였다. 미안하다고, 내가 좀 힘들어서 그런 거라고, 나는 네가 보고 싶었다고, 아프면 안 된다고, 말하는 내 목소리가 떨리고 있었다. 먼지처럼 가볍고 공기처럼 투명한 그녀의 호흡 사이로 실처럼 가는 목소리가 흘러 나왔다. "하나님이 기적을 베풀지 않으면 난 죽을 거야. 날 위해 기도해 줘, 진희야."

하나님한테 기적을 소원하지 않은 게 벌써 언젠데, 그걸 잘 알고 있는 친구가 내게 하나님께 기도할 것을 부탁하고 있는 것이다. 그것도 죽음을 담보로 말이다. 순간 우정과 신념 사이에 갈등이 일었다. 나는 그녀에게 "그래, 그래 알았어, 하나님께 기도할게."라고 대답을 했다. 신념보다 우정을 택한 것이다.

그로부터 매주 수요일 아침이면 그녀가 좋아하는 미역국과 잡곡밥, 견과류와 해조류 등의 반찬을 싸가지고 병문안을 갔다. 병실 앞에선 깊은 호흡으로 마음을 가라앉혔다. 나는 그녀의 병이 무서웠고, 내가 잡고 있는 줄을 그녀가 너무 빨리 놓아 버릴까 봐 두려웠다. 병실에선 애써 아무렇지도 않은 척, 밝은 얼굴과 실없는 농담을 던지고 옛일을 기억해 내며 웃었다.

그리고 이어진 그녀의 고백에 나는 내 귀를 의심했다. 자신의 병이 남편에 대한 미움과 원망, 분노를 삭이지 못해 생긴 스트레스 때문인 것 같다는 거였다. 놀라움 뒤로 연민이 몰려왔다. 유능한 박사 남편과 훌륭한 자녀를 둔 그녀는 대학 교수이고 유명한 교회의 권사이다. 세상의 시각으론 완벽하고 모범적인 가정에 미모와 재능까지 겸비한, 남부러울 것 없는 삶이었다. 그런 그녀에게 이런 고통이 있을 줄이야……. 자존심 때문에 아무에게도 말할 수 없었던 남편과의 불화를 그녀가 처음으로 내게 쏟아 낸 것이다. 그리고 그녀는 내게 간곡히 말했다.

"내가 가진 것에 감사하지 못하고 내게 없는 것에 분노하고 원망하고 산 것이 후회돼. 하나님의 기적으로 다시 산다면 하나님 기뻐하시는 삶을 살 거야."

많은 교회 성도들과 가족들이 폭포수 같은 기도를 퍼부었고, 친구는 치유의 확신으로 점점 생기가 돌았다. 많은 양의 피를 수혈 받고 항암을 시작하려는데 폐에 물이 차고 척추로 암이 전이되었지만 놀랍게도 빠른 회복을 보였다. 여섯 번의 항암을 끝냈을 땐 항암치료가 지나쳤던 것이 아닐까 할 만큼 거의 치유에 가까운 수치를 보였다. 의사들은 기적이라고 했다.

그녀와 하나님께 기도하겠다는 약속을 한 날부터 나는 앉으나 서나, 자나깨나 하나님을 부르며 기도했다. 그 옛날 내가 떼쓰던 그 하나님이 아니라 내 친구가 사랑하는 하나님을 실성한 사람처럼 종일 중얼거리며 불렀다. '기적의 하나님, 치료의 하나님, 내 친구를 살려주세요.' 그러면서 나는 많은 기적을 느꼈다. 인간만이 누군가를 위해 간절히 기도할 수 있다는 것과 내가 지금껏 살아있다는 것이 바로 기적이라는 것. 그동안 내가 추구한 평안은 너무 이기적이지 않았나 하는 반성과 함께 간절함이 주는 뜨거움에 목이 메어 왔다. 종교도 명상도 초월한 자리에서 우정이라는 소중한 인연을 회복한 것도 기적이다. 그리고 두 달 동안 그녀를 만나러 오가는 길에 만났던 이 세상 모든 살아있는 것들이 기적으로 다가왔다. 또한, 떠오르는 태양을 보고 세상의 온갖 소리를 들으며 살갗에 닿는 바람을 느끼고 진한 숲 향기에 취하는, 이 완벽한 존재가 '나'라는 사실도 기적이라는 생각이 들었다. 그러고 보니 기적은 종교 안에만 있는 것이 아니지 않는가. 나는 이제 불가사의하고 불가항력적인 삶의 길목에서 또다른 '기적'을 기다리기로 한다.

어느 늙은 개의
사랑 이야기

　오늘은 정말 우울하다. 시루떡처럼 켜켜이 쌓인 분노를 풀고 나면 속이 시원할 줄 알았는데 닭뼈라도 걸린 듯 가슴께무터 뱃속까시 뜨끔뜨끔한 게 뭔가 이상하다. 그 뭔가가 뭔지 궁금해 주둥이를 문턱에 올려놓고 코를 벌름거렸다. 사람들은 보고 듣는 것으로 뭔가를 알아내지만 나는 냄새만으로도 세상을 거의 알 수 있다. 그러나 부풀린 콧속으로 느껴지는 것은 아직도 추운 계절이라는 것과, 뒷집 닭이 유유히 노는 것과, 우리 동네에 낯선 손님이 없다는 것과, 내게 물어뜯긴 진순이의 피냄새뿐, 뭔가는 도무지 알 수가 없었다. 그래서 뭔가를 포기하고 차가운 주둥이를 가슴 깊숙이 묻었다. 처음으로 온갖 회한이 몰려왔다.

　내 혈통은 레버라도 리트리버이다. 피터 호커라는 사람이 1800년
대 초기에 뉴펀들랜드에서 물에 익숙한 개를 발견하여 영국으로 데
려가자 맘즈베리 백작이 지금의 이름을 붙여 주었다. 나는 근육질의
균형 잡힌 몸매와 높은 지능으로 모든 분야에서 만능견으로 통한다.
방수성이 좋은 짧고 조밀한 털은 수영에 적합하며 평생 자를 일이
없으니 경제적이기도 하다. 훈련이 쉽고 온순한 성격과 성실함으로
유럽과 미국, 일본에선 인기 짱이다.

　한국에서도 크림색 레버라도는 맹인안내견으로, 검은색은 마약
탐지견으로 주로 활동하고 있다. 내가 그렇게도 일찍 사랑에 빠지지
않았더라면 아마 지금쯤 마약탐지견이나 경찰견쯤 되어 TV에 나오
는 인기를 누렸을지도 모른다. 아니 적어도 치사한 질투나 피 터지
는 싸움질 따윈 안하는 고상하고 당당한 삶을 살았을 것이다.

　내 이름은 '깜'이다. 갈색 눈동자와 붉은 혀, 하얀 이만 빼놓고 죄
다 까매서 깜이다. 내가 입 다물고 어둠 속에 있으면 사람들은 있는
줄도 모른다. 그리고 내 별명은 춘심이다. 이 세상에 오직 한 사람,
나의 사랑인 주인님만 좋아한다고 식구들이 붙인 거다. 주인님은 내
가 태어난 지 3개월 되었을 때 나를 이 집으로 데려 왔다. 그리고 지
금까지 8년 동안 살아오면서 친부모 보다 더 지극히 나를 사랑해 주
었고 나 또한 오직 주인님만을 바라보았다. 사람들에겐 강산이 변할

만큼의 세월이 아니겠지만 내겐 전 생애를 사랑 하나로 살았다 해도 과언이 아니다.

　내게 물어뜯긴 진순이는 진도견이다. 진짜 순해서 이름이 진순이다. 그리고 춘향이처럼 예쁘다며 주인님은 춘향이라고 별명을 붙여주었다. 노르스름한 털에 까만 눈동자, 발랄하게 솟은 두 귀, 얄상한 주둥이, 새끼를 세 번이나 낳은 나와는 비교할 수 없이 탱탱한 젖가슴, 유연한 허리 곡선, 가늘지도 굵지도 않은 늘씬한 다리, 게다가 순하고 영리함까지 갖춘 그녀는 동네에서도 소문난 얼짱, 몸짱, 마음짱이다. 그런 그녀가 우리 집에 오게 된 것은 그 집 주인이 이민인지 삼민인지 가면서 맡겼기 때문이다.

　주인님은 그녀에게 새 주인을 각인시켜야 한다며 늘 나와 가던 산책을 진순이와 단둘이 가기 시작했다. 퇴근 후 술 냄새를 푹푹 풍기며 다가와 "춘심아, 아빠 왔다. 잘 놀았나?"며 맛있는 것을 입에 넣어주곤 했는데 이젠 "춘향아, 춘심아!"로 순서도 바뀌었고 먹이도 그녀와 나눠 먹게 됐다. 빨래 삶듯 부글거리는 가슴을 부여잡고 이해하려 했지만 생각처럼 마음이 따라오질 않았다. 내 곱지 않은 시선에 기가 눌린 것인지 주인이 바뀌어 우울한 것인지, 그녀의 여리고 슬픈 눈망울을 보면 '그래, 내가 참아야지.' 했다가도 주인 옆에 그녀가 따라가는 것을 보면 다시 가슴이 부글거렸다. 그럴 때마다 그 어떤 단어로도 나를 표현할 수 없다는 절박감에 몸이 부들부들 떨렸다.

그리고 기회가 왔다. 특별히 기회를 노린 것은 아니었지만.

서로 몸이 닿지 않을 거리에서 그녀와 마주보며 한 달여를 보낸 오늘 아침, 주인님은 나와 그녀를 함께 데리고 산책을 가기 위해 나를 먼저 풀어 주었다. 평상시엔 좋아서 경중경중 뜀뛰기를 하였지만 나는 한 달여 동안 쌓인 분노를 안고 진순이를 덮쳤다. 그녀가 겨우 몸을 빼내어 자기 집으로 도망쳤지만 그것은 내게 더 큰 공격의 기회가 되었다.

주인님의 불호령과 몽둥이세례에 산책도 못가고 내 집으로 쫓겨 들어와 밖을 살피니 주인님은 그녀에게 약을 발라 주며 위로하고 난리다. 그동안 나도 피를 철철 흘릴 만큼 아팠는데…… 이젠 가슴이 시려왔다. 시베리아 벌판에 홀로 서 있는 듯, 온몸의 털이 다 뽑힌 듯 춥고 외로웠다. 그리고 나도 모르게 눈물이 흘렀다. 처음으로, 출근하는 주인을 배웅하지 않았다. 처음으로, 사랑이 아픔이란 걸 알았다. 처음으로.

그동안 나는 어느 배우가 말한 '사랑이 어떻게 변하니?' 편이었는데 역시 훌륭한 사람의 말이 더 잘 맞는 것 같다. '모든 것은 변한다.'라는. 그리고 보니 집 안에서 흘러나온 노래 중에 '세상에 다시 태어나 사랑이 찾아오면 가슴을 닫고 돌아서 오던 길로 가리라'는 가사가 생각난다. 세상에 다시 태어나면 진짜 '사랑만은 않겠어요.'다.

그런데 이상하다. 이런 각오를 하고 나니 더 서글퍼졌다. 주둥이를 다시 문턱에 올려놓았다. 앞산 기슭엔 아직도 흰 눈이 이불처럼 덮여 있고, 그 속에서 먹이를 찾는 산짐승들의 분주한 움직임이 코에 전해 왔다. 그들의 고단한 삶을 생각하니 사랑타령을 하고 있는 내가 한심스러웠다. 털이 가지런하도록 일어나 몸을 세차게 털었다. 그리고 뭔가를 향해 힘껏 짖었다. 컹! 컹! 컹! 그러자 나를 사로잡고 있던 뜨거운 열기가 나가고 차가운 기운이 팽팽히 몰려옴을 느꼈다. 한결 기분이 좋아졌다. 무엇이 궁금했는지, 무슨 생각과 결심을 했는지 기억나지 않았다. 그러나 뚜렷이 떠오르는 것이 있다. 사람에게 인격이 있다면 내겐 견격(犬格)이 있다는 것이다. 그리고 나는 최고의 레버라도 리트리버 혈통이며 내 이름은 '깜'이라는 것과 오늘까지 나를 살게 한 것은 눈물이 아니라 사랑이었다는 것. 내 삶의 진정한 주인은 '나'라는 것이다. 옆을 보니 진순이가 많이 아픈 듯 웅크리고 있었다. 부끄럽고 미안하다. 내 상처를 핥듯, 혀를 내밀어 그녀의 상처를 핥았나.

너에게 가는 길

상수리나무 아래에서 손 흔드는 널 두고 떠나오던 날, 마음속으론 빨리 다시 올게 해놓곤…… 어느새 한 달이 지났구나. 미역국과 장조림, 버섯나물과 양파김치 등을 싸며 종종거리다 차에 오른다. 시동을 켜고 네가 있는 목적지를 입력하니 소요시간 2시간 20분, 깊은 호흡으로 숨을 고르고 출발한다. 어제 잠을 설친데다 아침 일찍 일어나 반찬 준비하느라 몸은 녹초가 되었지만 너를 향해 달려가는 마음은 얼마나 행복한지…….

먼 곳에서 벗이 찾아오면 즐겁다 했는데 먼 곳에 있는 벗을 찾아가는 것은 즐거움을 넘어서는 단계인 것 같구나. 더구나 나를 기다리고 있을 너를 생각하니 마음이 바빠진다. 너는 아무렇지도 않은 듯, 괜찮아 바쁜데 안 와도 된다고 말했지만 네 눈에 어려 있던 그 반가움과 고마움을 하루도 잊을 수가 없더구나. 찾아갈 친구가 있다는 것, 제대로 잘하는 것 없는 내가 누군가에게 작은 기쁨을 줄 수 있다는 것, 그것만으로도 나는 감사하다.

  한산한 고속도로를 달리며 햇살 아래 반짝이는 연둣빛 잎새들을 보니 여름이 시작되는가 보다. 네가 발병했던 지난겨울, 의사는 두 달 시한부 목숨이라 했다는데 어느덧 7개월이 지나가고 있구나. 이 여름을 너와 함께 맞이할 수 있다니…… 친구야, 너로 인해 매일 매일 눈뜨는 아침이 놀랍고 하루하루가 기적임을 소스라치게 느끼고 있단다. 그러나 굽이굽이 물결 같은 산등성이를 휘감고 있는 생명의 몸짓들을 보니 야속한 생각이 드는구나. 네가 아프니까…… 나도 많이 아프다. 무릇 생명 있는 것은 그 생명력으로 활기차 보이지만, 그 생명을 이어가야 하는 고달픔에 나는 늘 연민이 앞서더구나. 이제 나는 너를 생각하면 목이 메인다. 네가 아픈 것을 자책할까 봐 목이 메이고, 그러다 절망할까 봐 목이 메이고, 네 두려움이 가엾어 목이 메인다. 의미 있는 존재이길 바라는 마음과 무관한 세상의 모순 때문에 삶이 부조리하다고 한 카뮈의 말을 빌려, 건강하고 싶은 욕구와는 무관한, 세상 도처에 떠다니는 바이러스 때문이라고 생각하자. 친구야…….

우리는 모두 아팠거나, 현재 아프거나, 앞으로 아플 것이지만, 언제 어떻게 아프냐에 따라 삶은 송두리째 바뀔 수도 있으며, 건강을 위해 어떤 노력을 했는지와 상관없이 바이러스에 감염될 수 있으며, 모두가 예측불허의 일이라는 것을, 나는 부조리로 이해하고 싶구나. 인과응보라 하면 너무 가혹하고 운명이라기엔 너무 무책임하고 신의 뜻이라기엔 불공평하니까.

인간이 그런 부조리를 느끼는 상황에 닥치면 자살, 믿음의 도약, 수용, 이 세 가지 선택이 주어진다고 하는데 너는 믿음의 도약을 선택했고, 그것은 너와 네 주변의 사람들과 함께 지금껏 성공하고 있으니 말이야. 그런 네가 고맙고 대견하면서도 결국 너 혼자만의 싸움에서 느낄 고독과 두려움을 생각하면 내 몸의 모든 세포들이 오그라드는 것 같다. 그렇다고 세상에 널린 죽음에 대한 이야기로 너를 위로하고 싶진 않구나.

호법 IC에서 중부고속도로로 진입하면서 운전이란 것이 인생과 비슷한 점이 많다는 생각이 든다. 정차해야 할 때와 달려야 할 때, 방향을 바꾸어야 할 때 등, '때'를 잘 알아 그 때에 맞게 적절히 살아야 하는 이치 말이야. 지금은 네게 치병(治病)의 때이고 내겐 겸손의 때라고 여겨지는구나. 언제 한 번 가슴을 펴고 전속력으로 달려 본 적도 없건만, 더욱 낮아져서 느리게 생을 돌아보게 하는 지금, 너로 인해 세상은 얼마나 감사로 넘치는지……

돌아보니 친구 중엔 너와 함께 지낸 시간들이 제일 많았던 것 같다. 너와 만난 것이 고등학교 1학년 때였으니 열일곱 살이었지. 너희 집과 우리 집은 그때 처음으로 집을 장만했는데 안타깝게도 서울의 끝과 끝이었고. 다행히 학교가 중간에 있었지만 시험 때면 공부한다는 핑계를 대고 왕복 네 시간이 걸리는 서로의 집을 오가며 밤을 새었던 기억이 가슴 뭉클하게 떠오른다. 그래, 그렇게 우리는 학창시절을 보내고, 흔들리는 청춘을 맞이하고, 각자의 고통과 상처는 자기만의 몫임을 뼈아프게 깨닫는 중년을 지나, 후회와 반성을 통한 자기 성찰의 시간을 맞이하면서 어느덧 반세기를 넘어섰구나. 이젠 잊혀져서 안타까운 것들과 잊지 못해 괴로웠던 기억들을 차라리 축복이라 여기고 싶다. 하늘이 무너질 것 같고 모든 걸 포기해 버리고 싶었던 고비 또한 세월 앞에 고개 숙여지는 것은 '이 또한 지나가리라.'는 옛 말씀이 새록새록 진리로 다가오기 때문이다. 언젠가 기억이 갈피에 추어으로 남을 이 춥고도 뜨거운 흰 철을 잊지 말기로 하자꾸나. 생로병사 중에서 참으로 오랜 세월을 너와 함께 늙어가고, 이곳저곳 온전치 않은 내 몸뚱어리를 볼 때 병이 드는 시기도 너와 함께 하고 있다는 것으로 네게 한자락 위로가 될 수 있을는지. 친구야…….

　고속도로를 빠져나와 국도로 들어서니 옥정리 간판이 보인다. 치솟은 산자락 아래로 구불구불한 1차선 도로를 따라 가다보면 울창한 숲이 나오고, 그곳에서 왼편 길로 들어서야 네가 있는 곳으로 가는 길이지. 널찍한 입구를 들어서 숨 가쁘게 언덕을 오르면 숲 속에 황토방들이 늘어서 있는 곳, 상수리나무 아래에서 나를 기다리고 있을 네가 보이는 듯하구나. 언제든, 어디서든 그렇게 나를 기다려 주렴. 내가 늘 너에게로 갈 테니……

사랑이란

    그를 처음 만났을 때 그는 그리 매력적이지 않았다. 수수한 외모와 별로 풍성할 것 같지 않은 내면, 경세적인 면은 드러내놓고 띠지려 들면 속물 같으니 삼간다 하더라도 사회적 지위조차 특별할 것 없는 지극히 평범한 상대였다. 오히려 그런 점이 나를 편하게 했다면 그것 역시 너무 계산적인 걸까? 솔직히 상대가 나보다 너무 우월하면 채일까 봐 은근히 조바심도 나고 자존심도 상하고 주눅도 들 터이니, 조금은 부족한 듯 보이는 그가 잘난 것 없고 내세울 것 없는 내겐 제격이란 생각이 그와의 만남을 쉽게 했는지도 모른다.

    아무튼 나는 처음엔 주리가 틀릴 만큼 심심할 때만 그를 만났다.

별 재미는 없었지만 고립감을 잊기에 좋은 심심풀이 상대였다. 그렇게 한 달이 가고 두 달이 가고 석 달쯤 되었을 땐 여유가 있을 때마다 그를 만났다. 만남이 점점 즐거워졌고 만남이 거듭될수록 가랑비에 옷 젖듯, 그의 편안함이 나를 끌어당겼다. 헐렁했던 옷이 조금씩 몸에 밀착되어 오는 느낌?

그의 내면이 들여다보이기 시작한 것은 일 년쯤 지난 어느 날이었다. 자신의 단점을 굳이 가리려 하지 않고 순순히 인정하는 모습이 진솔하게 다가왔다. 없는 것을 있다 하지 않고 모르는 것을 안다 하지 않으며, 더욱이 작은 것에 감사하고 감동하는 모습에서 '아, 바로 이 사람이야!'라는 생각이 들었다. 그 역시 잘난 것 없는 내가 잘난 척하지 않는 것을 마음에 들어 하는 눈치였다. 나는 시간이 날 때마다 그를 만났고, 조금 더 후엔 시간이 나지 않아도 그를 만나는 것이 우선이 되어 버렸고, 그보다 조금 더 후엔 그를 만나지 않아도 하루 종일 그를 생각하게 되었다.

황홀한 눈멂이다. 내 눈에는 이 세상에 하나밖에 없는 안경이 씌워졌다. 그의 소박한 외모가 세련돼 보이고 별 볼일 없어 보이던 내면은 반짝이는 보석 같았고 사회적으로도 자기만의 확고한 자리를 가진 듯 보였다. 상대를 만만히 본 탓에 아무런 방어기제를 준비하지 않은 나는 속수무책으로 그에게 점령당했다. 밥을 먹을 때나 길을 걸을 때나 텔레비전을 볼 때나 잠을 잘 때나, 내 안에서 울려오는 나보다 더 큰 그의 목소리를 들어야 했다. 죽을 만큼 자유를 그리워하던 내게 사랑이란 얼마나 '아름다운 구속'인가를 처음으로 깨닫게 해준 것이다. 세상의 모든 것은 그를 위해 존재하는 듯했고, 세상의 모든 의미는 그라는 프리즘을 통해 내게 전달되었다. 내게 보이는 세상의 모든 사물들은 언제부터인가 그의 이름표를 달고 있었고, 나는 나와 그를 분리할 수가 없었고, 그를 제외한 다른 것들에게서 의미를 잃어갔다.

그러나 그것 또한 영원한 것이 아니었으니, 사랑이 깊어지면 외로움도 깊어진다는 것을 알아가는 시간은 잔인했다. 일체를 원하는 나의 열망은 혼자만의 꿈일 뿐, 충족되지 않는 나는 점점 바람 빠진 풍선처럼 바닥으로 추락했다. 그 눈먼 황홀함이 사라진 자리엔 우울과 겨울 산을 맴도는 차가운 고독이 밀려왔다. 이 사랑이 정말 내 것인지, 그렇다면 나는 이 사랑을 가질 자격이 있는지, 그리고 그와 함께 있으면 한없이 행복하던 내가 왜 이젠 그를 생각만 해도 주눅이 드는지, 왜 고통스러운지, 많은 의문과 갈등으로 시린 가슴을 쓸어내려야 했다. 헤어지고 싶어졌다. 그를 확 버리고 새로 시작하고 싶었다. 그리고 다시는 이렇게 멍청하게 허우적거릴 일은 절대 만들지 않으리라는 생각이 들었다. 오랫동안 회의와 갈등으로 얼룩진 날들이 이어졌다. 그는 처음 그대로인데 나만 성냥불이었다가 장작불이었다가 반딧불이 되어 갔다.

어느덧 그와 함께 한 세월이 십 년이다.

황홀한 눈멀음도, 가슴 시린 회한도, 이제 남아 있지 않다. 숭고함과 비루함, 위대함과 저열함을 고루 갖추고 있는 사랑에 울고 웃던 날들도 모두 지나갔다. 그런데 그를 떠나지 못하고 그의 주위를 반딧불처럼 맴도는 것은 왜일까. 나 스스로도 그 이유가 궁금했다. 그리고 어느 불면의 밤 끝자락에서 나는 해답을 찾았다. 그가 지닌 인간과 세상을 향한 폭넓은 안목과 통찰, 깊고 유연한 이해와 진실함이 어느덧 내 뼛속 깊이 자리 잡고 있었기 때문이었다. 그리고 그의 사랑이 뜨겁고 화려한 정열은 아니지만 내가 못나고 부족해도 있는 그대로 보아 주는 편안함이란 걸 알게 되었다. 그를 통해 사랑이란 내가 무엇을 하든 항상 그 자리에서 나를 믿어 주고 묵묵히 기다려 주는 것임을 깨닫게 된 것이다. 근사한 외모도, 내세울 스펙도, 반짝이는 감성도, 웅숭 깊은 사유도 없는 나를, 어설프게 떠들어대는 것조차 그는 한 번도 외면하지 않고 귀 기울여 준 것을 생각하니 부끄럽기까지 하다.

세월은 젊음 대신 통찰을, 아픔대신 성숙을 선사한다고 했던가. 나는 내게 온 그를, 이 사랑을 운명처럼 받아들이련다. 사랑의 깊음은 외로움을 낳았지만 이제 그 외로움은 외로움으로 극복해야 한다는 것을 안다. 그를 향해 오직 홀로 가야 하는 외롭고 고독한 길. 설령 그 길이 내 가슴에 헤스터의 'A(adultery)'를 선사한다 해도. 신 앞에 내가 심판받는 그날까지 이 사랑을 안고 나는 그에게로 간다.

그는 '수필'이다.

지키지 못한
약속

　남편을 포함한 세 명의 남자가 오토바이를 타고 시베리아를 거쳐 몽골에 도작했다. 두 명은 고비사막으로 나시 출발했고, 남편은 서울로 돌아왔다. 21일 만의 귀국이었다. 울란바토르 발 비행기가 도착했다. 입국 문으로 남편의 뒤를 따라 나오는 아가씨 한 명이 동행처럼 보였다. 아니나 다를까, "이쪽은 바야르마, 몽골 아가씨야."라며 남편이 인사를 시켰다. 날씬한 몸매에 예쁘장한 아가씨가 낯섦과 어색함이 섞인 표정으로 고개를 숙였다. 혼자 서울로 오는 비행기 안에서 옆에 앉은 몽골 아가씨와 대화를 나누다 가는 길이 비슷해서 동행하게 되었단다. 그녀는 몽골 국비 장학생으로 이화여대 국어교육학과 대학원에 입학하러 오는 길이었다. 이전에 서울을 여섯 번이나 다녀갔다는 그녀는 얼핏 들으면 한국인으로 착각할 만큼 한국어 발음도 정확하고 문장 구사력도 뛰어났다. 한국 땅에 아는 사람이 한 명도 없다는 그녀가 가엾기도 하고 똑똑하고 야무진 것이 대견하기도 하여, 나는 언제든 도움이 필요하면 연락하라는 말과 함께 전화번호를 적어 주었다.

그렇게 시작된 그녀와의 인연은 5년을 이어 갔다. 살림 장만을 거들어 주고 가끔 함께 밥을 먹고 반찬을 챙겨 주었다. 그녀는 내게 모호한 한국어의 의미를 물었고 남편에겐 실생활에 필요한 이것저것을 묻거나 빌려갔다. 나중엔 동족인 남자 친구와 그녀의 언니까지 합세해 식탁에 둘러앉으니 마치 국제 가족이 된 듯했다. 몽골에서 공무원인 그녀의 아버지는 닥치는 대로 아르바이트를 하며 자식 뒷바라지를 하는 소시민이었고 그녀의 꿈은 몽골 대학에서 한국어교육학 교수가 되는 것이라고 했다.

그녀와 알고 지낸 지 2년쯤 되었을 때, 몽골 남자 친구와 결혼한 그녀는 아들과 딸을 연이어 낳았다. 애기 옷을 사들고 찾아간 지하 월세방에서 아기 엉덩이의 푸른 반점을 보았을 땐 우리가 모두 한민족, 한 핏줄인 것이 기뻤다. 어느 날, 세 살배기 아들과 일 년 된 딸애를 데리고 온 가족이 놀러 와선 박사 논문은 몽골로 돌아가 완성하겠다고 하는데 마치 가족이 붕괴되는 듯한 서운함이 몰려왔다. 그리고 얼마 후 그녀가 출국 소식을 전해 왔다. 그런데 집 전세 만기 날짜와 출국일이 한 달 차이가 난다며 그동안 우리 집에 머물면 안 되겠냐고 물었다. 그녀의 남편과 언니는 직장 숙소에서 지내고 자기와 아기 둘만 오겠다는 거였다. 나는 그러라고 흔쾌히 대답을 했다. 마침 내가 보름 동안 여행 계획이 있으니 우리 남편 밥 챙겨 주면서 부담 없이 있으라는 말도 덧붙였다.

문제는 그때부터였다. 이 얘기를 들은 친정 언니가 제일 먼저 반대를 했다. 보름 동안 남편과 그녀만 집에 둔다는 것이 말이 되냐는 것이었다. 이해가 되기도 하지만 남편이 세속적인 시각으로 싸잡아 평하되는 것은 언짢았다. 다른 사람들의 생각이 궁금했다. 나는 시댁과 친구들에게 이러저러한 일이 있는데 어찌 생각하냐며 물었다. 대답은 모두 반대였다. 요즘 세상에 그렇게 무리한 부탁을 하는 사람도 이상하지만 그것을 아무렇지도 않게 승낙한 나도 이상한 사람이라는 거였다. 내 남편을 알선 모르건, 남편의 의사는 어떠냐고 물어보지도 않은 채 대부분 반대하는 것이 놀라웠다. 내가 세상을 잘못 살고 있는 것인지, 아니면 이 나이 먹도록 내가 세상을 너무 모르는 숙맥인지 혼란스러웠다. 딸같이 여겨져 도움을 주려 했던 마음을 접을 수밖에 없었다.

약속을 깨려니 마음이 너무 괴로웠다. 우리 집 대신 그녀가 머물 수 있는 곳을 알아낸 후 그녀에게 약속을 취소한다고 말했다. 안주인도 없는 집에 어린아이 둘이나 있게 하는 것이 불안하고, 깨질 것들이 너무 많아 서로 곤란한 일이 생길 것 같다고 거절 이유를 둘러댔다. 그리고 비어 있는 지하방을 알고 있으니 한 달간 공짜로 쓰게 해주겠다고 했지만 그녀는 살림을 미리 처분해야 하므로 안 된다고 했다. 지하방을 확인하고 청소까지 해놓은 나는 허탈했다.

그 후 그녀는 친구의 집에 머물다 몽골로 돌아갔다. 몽골에 도착한 그녀는 잘 지내고 있다고, 그동안 고마웠다고, 다음에 서울 가면 우리 집에 머물러도 되겠냐고 문자를 보내 왔다. '물론!'이라고 답장을 보냈지만 약속을 지키지 못한 진짜 이유를 아는 듯한 질문에 마음은 석연치 않았다.

5년 동안 또 하나의 가족이 생긴 듯 행복했던 날들이었다. 타국에서 대학원 공부를 하며 아이 둘을 가진 엄마로 성장해 가는 그녀가 대견스러웠다. 먼 타국에 있는 딸을 보는 듯, 애잔함이 앞서던 그녀였다. 그러나 헤어지는 시기에 지키지 못한 약속으로 어색한 사이가 되고 말았다. 5년이란 세월이 짧을 수도 있겠지만 살아온 세월과 문화가 다른 탓도 있을 것이다. 손님에게 부인을 대접하는 풍습이나, 유목민의 핏속에 흐르는 자유로운 거주의 개념이 우리와 다르게 형성되었을 것이다. 그녀에겐 아무렇지도 않은 부탁이 이 나라에선 무리한 부탁인 걸 보면 말이다.

그러나 필요한 덕은 베풀고 피할 수 없는 것들은 기꺼이 받아들이라는 옛 고전의 글귀를 떠올린다면 약속을 지키지 못한 내 처신은 유치한 것이 아닐 수 없다. 더욱이 상대의 부탁을 좀 더 신중히 생각하고 미리 거절했더라면 좋았을 것이라 생각하니 후회가 막심이다. 그러나 어쩌랴, 시간이란 돌이킬 수 없는 것이니. 다만 그녀가 한국에 머물렀던 시간에 대해 따뜻한 추억을 안고 살아가길, 소망하는 국어교육학 교수의 소망을 이루길 바랄 뿐이다. 그녀가 떠난 지 벌써 일 년이 지났다.

4장

살아서 아름다운
지옥을 보다

태풍으로 말갛게 씻긴 하늘 아래 한 점 풍경이 되어 풍경 속으로 들어간다. 교각처럼 미끈하게 뻗은 대나무와 함께 울창한 숲이 되고, 제 이름을 부르며 날아가는 새가 되고, 그 새를 뒤따르다 놓친 시선 끝에 겹겹이 쌓인 산맥이 되고, 그 위로 나른하게 누운 구름이 된다. 오토바이가 주는 자유는 바로 뜬구름을 탄 듯 자연과 하나가 되는 것이다.

우즈 강가에서
버지니아 울프를 만나다

"A woman must have money and room of her own if she is to write fiction."

1928년, 버지니아 울프는 케임브리지 대학으로부터 '여자와 소설'이라는 주제로 강연을 부탁받는다. '소설을 쓰는 여자는 반드시 돈과 자기만의 방을 가져야 한다.'는 위 글은 그 강연 중에 한 말로 페미니즘의 교과서라 불리는 인문 에세이 『자기만의 방』이라는 책에 실렸다. 여성에 대한 사회적 차별을 날카롭게 지적하며, 열정적으로 여성의 자립을 주장한 그녀는 '의식의 흐름' 기법을 탄생시킨 선구적인 페미니스트이며, 400여 편에 이르는 논문을 집필한 당대에 가

버지니아 울프가 생을 마감한 우즈 강

장 뛰어난 비평가 중 한 사람이었다. 나는 오래 전부터 자유로운 사유와 집필을 위해 '돈'과 '방'이 필요하다는 그녀의 방이 궁금했다. 시대를 앞서간 불온한 매력의 작가, 강인하면서도 부서질 듯 섬세함을 지닌 천재적인 작가 버지니아 울프. 그녀가 런던을 오가며 머물렀던 시골집과 그녀가 생을 마감한 우즈 강가를 찾아갔다.

정신병에 맞선 놀라운 의지력과 천재적인 직관력을 지녔던 그녀는 제2차 세계대전의 발발과 함께 또다시 정신발작이 일어나자 남편 레너드에게 짐이 될 것이 두려웠다. 60세인 1941년 3월 28일 아침, 그녀는 남편과 언니에게 남기는 두 통의 유서를 써놓고 정원에서 들판을 가로질러 우즈 강가로 갔다.

지금 나는 그 강가에 서 있다. 책이나 영화에서 보았던 것과는 달리 들어가면 죽을 수 있을지 의심될 만큼 강폭이 넓지 않다. 물가로 다가가자 백조 네 마리가 나를 향해 쏜살같이 다가온다. 68년 전 외투 주머니에 돌을 쑤셔 넣고 물속으로 걸어 들어간 그녀를 기다리기라도 하는 듯, 아니면 그녀의 혼이 담긴 자리이니 침범하지 말라고 경고라도 하는 듯 요란한 울음을 터뜨린다.

물가를 지키는 백조에게서 주춤 물러나 '위험하니 건너가지 마시오'라는 팻말이 서 있는 나무다리에 기대어 앉는다. 그녀의 일거수일투족을 지켜보았을 다리는 다시 볼 수 없는 그리움에 지친 듯 부서질 듯 위태롭다. 자유로운 영혼을 닮은 깃털 구름이 낮은 구릉 위를 떠다니는 한낮, 우즈 강가는 일체의 소음이 제거된 적막으로 가득하다. 알제리의 태양이 뫼르소를 흥분시켰다면 나는 이 진공 같은 완벽한 고요에 질식할 것만 같다. 전쟁의 포성이 잠시 멈춘 사이 그녀가 느꼈던 '거짓 평화'의 공포가 이러했을까. 집 정원에서 강 저편의 구릉지대가 보인다고 좋아했던 그녀가 집에서 800미터를 걸어왔을 길을 눈으로 짚어 가니, 그녀의 집 앞에 있는 교회 지붕이 눈에 들어온다. 마르고 큰 키에 예쁘지는 않지만 지적이고 신비로운 매력을 지닌 그녀가 저 들판을 지나 이곳에 올 때까지, 그날도 이렇게 바람조차 숨을 참고 있었나 보다.

버지니아 울프

정원에서 바라본 집과 레너드 울프 동상

    1919년에 700파운드를 주고 산 '수도사의 집(Monk's House)'은 버지니아가 살아있는 동안 그녀의 시골집이었다. 런던에서 동남쪽에 있는 동부 서식스(Sussex) 지방의 로드멜 마을.

    'NEW HEAVEN 6'라는 팻말을 따라 숲으로 터널을 이룬 길을 5분쯤 차로 달리니 달콤한 휴식처 같은 동네가 나타났다. 큰길에서 강쪽으로 내려가는 길목의 오른편에 위치한 집은 길을 등지고 앉아 있었고 대문 옆에 세워진 팻말엔 4월에서 10월까지, 매주 목요일과 토요일, 오후 2시에서 5시 30분까지 개방한다고 쓰여 있었다. 집과 나란히 붙은 문을 들어서서 얕은 돌계단을 따라 올라서니 꽃과 나무로 가득한 정원이 펼쳐졌다. 강쪽의 정원 끝엔 그녀가 글을 쓰던 오두막이 있고, 그 안쪽 벽에 붙은 빛바랜 흑백 사진 속에선 그녀와 남편과 친구들이 여전히 게임과 대화를 즐기고 있었다. 갖가지 허브와 장미, 수국 등 익숙한 꽃들과 사과나무를 지나 우측으로 돌아가니 낮은 돌담과 석고상을 경계로 시원하게 트인 잔디밭이 나타났다. 입구에서 입장료를 받는 할머니는 잔디밭 한쪽에 만든 연못가 목련나무 밑에 그녀의 재가 묻혀 있다고 말해 주었다. 그녀의 백(魄)이 흩어져 있는지 검은 고양이 한 마리가 나른한 몸짓으로 그 주위를 어슬렁대고 있었다.

1882년 런던에서 태어난 버지니아는 문예비평가이며 철학자였던 아버지 레슬리 스트븐에게 개인 지도를 받았을 뿐 정규 교육은 받지 못했다. 어려서는 부친의 친구들인 로버트 브라우닝, 토머스 히디, 존 리스긴, 로버트 루이스 스티븐슨 등의 문필가 틈에서 독서를 즐겼고, 자라서는 '블룸즈베리 그룹'으로 알려진 로저 프라이, 클라이브 벨, 존 케인즈, 조지프 매카시 등과 정치, 경제, 미술, 문학과 인생 등 모든 문제들을 논하고 사상을 연마했다. 그러나 어린 시절에 겪은 부모, 형제의 죽음과 의붓오빠에게 받은 성적 모욕감은 평생 수차례의 정신발작을 일으키게 했다. 서른 살에 레너드와 결혼했지만 남편은 그녀의 예민한 정신과 육체를 배려해 자녀를 두지 않았다. '호가스'라는 출판사를 차려 집필과 출판에 온 정열을 쏟았으며 틈틈이 세계를 여행하면서 우정 같은 사랑을 나눈 그들 부부의 집은 농부의 집만큼이나 소박했다.

정원을 바라보고 있는 그녀의 침실은 본채 옆으로 나중에 붙여 지은 것이다. 창문 아래 흰 시트가 덮인 침대가 정갈했다. 그 옆에 놓인 탁자 아래에는 누군가를 부를 때 사용했을 작은 종이 녹슨 채 놓여 있었다. 천장까지 닿는 책꽂이와 그녀의 언니 바네사가 그림을 그린 타일로 장식된 페치카, 그 옆에 세워둔 우산, 플러그가 꽂혀 있는 전기난로, 오래된 액자와 스탠드 등은 마치 그녀가 잠시 외출한 사이, 초대받지 않은 손님으로 들어 선 듯한 기분이 들게 했다. 거실과 주방이 있는 본채는 그녀가 금방이라도 들어설 듯 온기가 느껴졌다. 벽에 걸린 외투와 숄더백, 창가마다 놓인 빨강, 주황의 제라늄꽃, 식탁 위에 펼쳐진 책과 찻잔, 죽기 사흘 전까지 일기를 썼던 책상이며, 방금 전 일어난 듯 조금 밀쳐져 있는 의자 등도 그런 느낌을 주었다.

버지니아는 매일 일기를 썼으며 전화가 상당히 보급된 후에도 매일 여러 통의 편지를 썼다. 그 편지들을 책으로 낸 나이젤 니콜슨은 그녀가 같은 날 저녁에 서로 다른 사람들에게 보내는 긴 편지 세 통에 단 한 구절도 같은 말이 되풀이되지 않았음을 놀라워했다.

위트 있고 수다스런 편지처럼 언제나 쾌활하고 재치가 넘쳤지만, 우수와 두려움에 가득한 그녀의 심연을 엿볼 수 있었던 것은 그녀가 남긴 방대한 일기장 덕분이었다.

'흐르는 저 강물을 바라보며 당신의 이름을 목 놓아 불러 봅니다. 레너드 울프……'로 시작되는 그녀의 유서는 '추행과 폭력이 없는 세상, 성차별이 없는 세상에 대한 꿈을 간직한 채 저는 지금 저 강물을 바라보고 있습니다.'로 끝맺고 있다.

여성과 남성으로 구분되는 차별을 넘어 심층적, 다중적 인간의 내면을 추구했던 그녀가 남편을 사랑하면서도 여성인 비타 새크빌과의 사랑에서 진정한 사랑을 경험했다는 것은 어쩌면 자연스러운 일일지도 모른다.

그녀가 꿈꾼 세상은 여전히 오지 않았고, 아니 영원히 오지 않을지도 모르지만, 그녀가 남긴 업적은 문학사에, 여성학사에 큰 물줄기가 되어 쉼 없이 흐르고 있다. 저 우즈 강물처럼.

그녀가 지팡이를 내려놓고 마지막으로 바라보았을 상불을 바라본다. 멀리 교회 종탑이 꿈처럼 아득하다. 은빛으로 반짝이는 강물 속으로 그녀가 들어가고 있다.

삶과 죽음에
차가운 시선을 던져라

_예이츠를 찾아서

노신사의 은발 빛 하늘은 호수 위에 가는(細) 비를 내렸다. 유람선 창문을 두드리는 빗줄기는 이루지 못한 사랑에 대한 우수처럼 우수 수 흩어지고 먼 물결은 섬세하게 떨리고 있었다. 반듯한 이마와 우 뚝한 코, 가파른 턱 선에 슬픈 듯 깊은 눈빛을 지닌 예이츠의 얼굴이 떠오른 것은 유리창에 흐르는 빗물 때문이었다. 그의 정신적 고향이 었으며 많은 시의 배경이 되었던 아일랜드의 서북부 도시 슬라이고. 그곳에 있는 섬 이니스프리로 가는 배 안에서 나는 그렇게 예이츠를 만났다.

섬 가까이 이르자 마치 예이츠의 영혼이 마중이라도 나온 듯 빗줄

이니스프리 섬

기가 멈추었다. 생각보다 자그마한 섬은 1951년까지 사람이 거주했지만 지금은 무인도로 숲만 무성하다. 청년이 된 예이츠는 런던에서 길을 걷다 쇼윈도 속에 있는 분수대에서 물방울 떨어지는 소리를 듣는다. 이 소리에 아버지가 읽어 주셨던 소로의 『월든』을 떠올리고 어린 날을 회상하며 쓴 시가 「이니스프리 섬」이다. 십대의 소년 예이츠가 배를 타고 노를 저어 다니던 호수 위를 지나노라니 '나 이제 일어나 가리라. 이니스프리로 가리라./ 거기서 윗가지 엮어 진흙 바른 작은 오두막을 짓고/ 아홉 이랑 콩밭을 일구고 꿀벌 한 통을 일구리./ 그리하여 꿀벌 소리 요란스런 그 숲 속에서 홀로 살아가리.'라고 읊조리는 시인의 목소리가 들리는 듯했다.

시인이며 극작가였던 예이츠는 더블린 샌디마운트에서 화가인 아버지와 슬라이고의 부유한 상인의 딸인 어머니 사이에 태어났다. 청소년기까지 런던과 더블린, 슬라이고를 오가며 자랐으며, 일찍이 시작에 전념하여 20세에 켈트 문학 특유의 유현한 정서를 담은 『오이진의 방랑기』로 문단의 주목을 받았다. 평생 신비주의, 심령론, 점성술 등, 영적 세계를 탐구한 신비학자였고, 문화운동가로서 애비극장을 설립하여 극예술을 이끌었으며, 1890년대 아일랜드에 '켈트 부흥 운동'의 중심이 되었다. 그는 켈트 문화에 대한 자긍심을 고취시키고 아일랜드의 정신적 독립을 이루는 기폭제를 마련했다고 평가되며, 그 공로로 아일랜드가 독립한 1922년부터 6년간 상원의원으로 활동하였다. 아일랜드 정신의 부활과 국민의 마음과 삶 속에서 그 정신을 구현하려는 노력을 견지한 그는 1923년엔 아일랜드 최초로 노벨문학상을 수상했다.

세계 문학사에서 가장 편안한 모습으로 가장 행복하게 살다간 시인으로 평가되는 것은 삶과 예술에서 이룬 성공 때문이리라. 그런 그의 문학적 삶에 깊은 영향을 미친 것은 '여성'이었다. "우리 시인들은 여성이 존재하지 않는다면 고독으로 죽을 것이다."라고 한 말처럼 여성은 예이츠 시의 촉매이고 영매이며 문예와 정치적 활동에도 큰 영향을 미쳤으니, 그의 곁엔 세 명의 중요한 여인이 있었다.

섬을 조망하고 돌아 나온 배가 닿은 부둣가엔 17세기 마노 왕조

때 세워진 성이 있었다. 노르만 귀족이 살았다는 그곳엔 인간의 역사와 세월의 풍화작용을 안고 누운 고즈넉한 평화가 배어 있었다. 그것은 절벽이나 산꼭대기에 세워진 성에서 느낄 수 없었던 화해와 소통의 기운이었다. 호숫가에 성을 세운 그 귀족은 어디로 갔을까. 700년간 영국 식민지로 전운이 팽배했던 이 땅에 남아 있는 유적 같은 평화를 마음에 담고 길을 재촉한다.

길 호수를 떠나 예이츠의 무덤이 있는 드럼클리프 마을로 향해 가는 길엔, 중절모처럼 산머리가 평평한 벤불벤 산이 오랫동안 따라왔다. 예이츠의 외할아버지가 교구 목사였던 세인트 콜롬바즈 페리시 교회는 작고 소박했다. 오래된 무덤들로 가득한 뒤뜰 묘지에 예이츠의 무덤이 있었다. 그는 1939년 제2차 세계대전 발발 직전인 1월 28일, 프랑스 남동부 해안 도시인 망통에서 심장마비로 사망했다. 그러나 시신은 1948년에나 아일랜드로 돌아와 그가 생전에 원했던 대로 벤블벤 산이 보이는 교회 묘지에 묻혔다. 시산의 흐름 속에 닳고 거무스름해진 묘비와 주위에 자라나는 초록의 생명들……. 태어나고 죽는 영원불멸의 법칙이 묘지 마당에 가득 흩어져 있었다.

묘비 앞에 섰다. 유서처럼 남긴 시「벤블벤 아래에서」의 마지막 3행이 그대로 그의 묘비명이 되었다. '삶과 죽음에 차가운 시선을 던져라. 말 탄 자여, 지나가라.' 아!라는 감탄사가 절로 나오는 아름다운 묘비명이다. 묘지를 감싸는 신비로운 기운과 함께 삶을 진정 뜨겁게 살아본 사람의 영혼이 내 귀에 속삭였다. "너무 오래 사랑하지 말게나."

예이츠의 무덤

예이츠에게 가장 큰 영향을 미친 첫 번째 여인은 모드 곤이었다. 열렬한 독립투사였던 그녀와 운명적인 만남이 이뤄진 것은 1889년 그의 나이 24세 때였다. 예이츠는 183센티미터의 늘씬한 몸매에 강인함과 미모를 지닌 그녀에게 첫 눈에 반한 순간부터 '내 인생의 고뇌는 시작되었다.'라고 기술했다. 예이츠는 모드 곤을 사랑했지만 모드 곤에게 그는 우정과 존경의 대상이었을 뿐, 그의 사랑을 받아들이지 않았다. 아일랜드의 독립을 위해 온몸과 정신을 바치는 웅변가이며 투사였던 그녀에게 예이츠의 사랑은 사치로 여겨졌을 것이다. 끝내 모드 곤은 그의 사랑을 수락하지 않았지만 예이츠의 삶과 문학을 관통하며 미의 화신으로 살게 됐으니 이루어지지 않음으로써 오히려 영원한 사랑으로 남게 된, 사랑의 아이러니라고나 할까.

그녀에게 바친 무수한 시들 중 「하늘의 천」은 영화 〈이퀼리브리엄〉에서 읽힘으로써 영화에 예술성을 첨가했으며, 우리나라 김소월의 「진달래꽃」에 영향을 주었다고도 한다.

'내게 금빛 은빛으로/ 수 놓여진 하늘의 천이 있다면/ 어둠과 빛 어스름으로 물들인/ 파랗고 희뿌옇고 검은 천이 있다면/ 그 천을 그대 발 밑에 깔아 드리련만,/ 나는 가난하여 가진 것이 꿈뿐이라/ 내 꿈을 그대 발밑에 깔았습니다/ 사뿐히 밟으소서,/ 그대 밟는 것 내 꿈이오니.'

모드 곤과의 사랑의 실패는 그를 피폐하게 했지만 삶과 문학에 더

모드 곤

큰 열정과 깊이를 주었다. 모드 곤과 존 맥브라이드 소령의 전격적인 결혼으로 충격을 받은 예이츠는 애비 극장을 설립하고 제작자, 극작가, 연출가로 활동하며 초기의 현실도피적인 경향에서 벗어나 적극적인 사회, 문화 활동을 전개했다. 그때 함께한 여인이 그레고리 부인이다.

1897년에 만난 그레고리 부인은 예이츠에게 어머니와 같은 존재로, 그의 문학을 지지하고 후원하며 쿨 장원을 제공함으로써 그에게 안정과 위안을 주었다. 그녀는 아일랜드의 신화와 전설, 민담에 관심을 가진 극작가였으며, 겸손과 긍지를 지닌 강인한 성품으로 예이츠에게 용기와 신념을 주었고, 예이츠가 귀족적인 이데올로기로 변모해 가는 데 큰 영향을 끼쳤다.

"쿨 장원은 내가 죽어서 내 영혼이 가장 오래 머무를 곳이다."라는 그의 말에서 쿨 장원과 그레고리 부인이 그의 문학과 인생에 얼마나 큰 영향을 미쳤는지 가늠할 수 있다. 전통과 품격, 긍지와 용기라는 귀족적 덕목을 함께 추구했던 그녀가 죽고 난 후 그는 이렇게 말했다. "내 머릿속은 텅 비어 버렸다. 쿨 장원이 문을 닫았을 때, 내 시의 주제도 닫혀 버린 것 같았다."

예이츠의 묘지를 나와 슬라이고 시내에 있는 예이츠 기념관을 찾았다. 전엔 그의 외가쪽 친척의 집이었다는 붉은 벽돌의 삼층집 담엔 '예이츠 빌딩'이라고 쓴 간판 외에 '릴리(lily)카페'라는 작은 간판이 있었다. 백합이라는 뜻의 릴리는 영원, 불멸을 나타내며 그것은 모드 곤을 상징한다고 한다. 오른쪽 방으로 들어서니 벽과 둘러쳐진 칸막이마다 사진들이 가득했다. 모드 곤과 그레고리 부인, 아내 조지 하이드리스의 사진과 어린 시절 아버지, 어머니와 함께 찍은 사진, 그의 아들, 딸과 찍은 가족사진들이 전시되어 있었고, 왼쪽 방에서는 기념품들을 팔고 있었는데 너무 빈약해 실망스러웠다. 기념관을 나와 오른쪽을 향하니 넓은 교차로가 나오고 은행 건물 앞에 예이츠의 동상이 서 있었다. 작은 두상과 넓은 상체, 새처럼 빈약한 두 다리로 서 있는 모습이 우스꽝스럽기도 하고, 그의 영혼처럼 불안해 보이기도 했다. 그가 사랑한 도시 슬라이고에 몸을 누이고 그 산천을 바라보기 위해 서 있는 남자. 그의 시선을 따라가니 그곳엔 벤블벤 산이 있었다.

그에게 중요한 세 번째 여인은 아내였다. 모드 곤이 사랑을 받아주지 않자 그는 그녀의 딸 이졸트 곤에게 청혼해 보지만 거절당하고 결국 1917년 그의 나이 52세에 조지 하이드리스와 결혼한다. 26세

예이츠의 동상

의 아내 조지는 그와 심령술의 동지였으며, 뛰어난 영매 능력을 지녔다. 그녀는 실연에 지친 그에게 생활의 안정과 함께 초월적 영감을 주어 새로운 창작 의지를 불러냈다.

예이츠는 그녀의 도움으로 우주적 역사관과 삶과 죽음에 대한 명상록이라고 할 만한 『비전』을 탄생시킨다. 선불교와 우파니샤드의 이해를 바탕으로 쓴 이 작품으로 예이츠는 인간이 도달할 수 있는 최고의 경지를 제시함으로써 평범한 시인을 뛰어넘어 위대한 예언자적 시인으로 기록된다. 이후 그 자신이 최고라고 자부하는 시집 『탑』, 훗날 사람들이 그의 가장 위대한 작품들이 담겨 있다는 『나선 층계』 등을 쏟아냈다. 예이츠의 말년은 상원의원으로서 긴장의 연속이었고 건강은 나빠졌으나 명의 노만을 만나 활력을 찾게 되고, 시인이며 가수인 마곳 러도크, 여행 작가인 에델 마닌이라는 젊은 두 여인과 열애를 나눴다.

아내 조지는 두 아이를 낳은 후 이렇게 말한 바 있다. "당신이 죽은 후에 사람들은 당신의 불륜관계에 대해서 이야기할 거예요. 하지만 나는 아무 말도 하지 않을 거예요. 왜냐하면 난 당신이 얼마나 자랑스러운 사람인지 기억하고 있으니까요." 평생 다른 여인을 사랑했지만 남편의 작품세계와 영혼을 자랑스럽게 여긴 아내 조지. 지고지순한 사랑의 극점을 보여 준 그녀가 존경스럽다.

슬라이고에서 더블린으로 돌아와 시내에 있는 '듀크 펍'엘 갔다.

제임스 조이스가 커피를 마시고 버나드 쇼가 그 앞에서 구두를 닦던 모퉁이 집 카페는 예이츠가 모드 곤에게 사랑을 고백하던 장소였다. 긴장된 마음을 풀기에 커피로는 부족하여 약간의 알코올이 필요했을 것이다. 위스키가 들어간 아이리시 커피는 기분 좋은 이완을 선사하였고 예이츠가 앉았을 것 같은 카페 이층 창가에 앉아 그의 묘비명을 떠올렸다.

'Cast a cold Eye. On Life, on Death. Horseman, pass by!'

평생 사랑한 뜨거운 여인과, 평생 문우의 정을 나눈 따뜻한 여인과, 생활의 안정과 초월적 작품 세계로 안내한 현명한 아내가 있었으며, 말년엔 젊은 여성들과 로맨스까지 누린 남자.

국가적 차원의 인정은 물론 노벨문학상이라는 세계적인 명예까지 얻은 그가 삶과 죽음에 차가운 시선을 던지라니…… 말 탄 자여 지나가라니…… 사랑은 너무 오래하지 말라니…… 아무리 사랑해도 가질 수 없고 이룰 수 없었던 모드 곤과의 사랑이 그를 이처럼 회의적이게 한 것일까. 결국 삶도 죽음도, 사랑조차 영원한 것은 없으니 집착하지 말라는 예이츠의 충고로 여겨진다. 20세기 위대한 시인 중 한 사람이었던 예이츠. 그의 삶과 죽음을 초월한 여유와 긍지가, 세월에도 바래지 않고 빛나는 회한이, 커피 잔에 담긴 알코올처럼 후욱~ 가슴을 훑고 지나갔다.

우리는 모두 푸른 숨을 쉬는
'존재자'들이다

_2010년 영국 에든버러 페스티벌

영국을 표기하는 The United of Great Britain & Northern Ireland에서 '그레이트 브리튼'이란 북해에 늑대 흰 마리가 써실러 앉아 있는 모습의 섬이다. 섬의 어깨 아래가 잉글랜드, 왼쪽의 아랫다리가 웨일스, 어깨 위로 머리까지가 스코틀랜드이다. 오랜 세월 잉글랜드와 대립해 온 스코틀랜드는 1707년 평화적으로 연합을 구성해 오늘의 영국을 이루고 있다. 술을 즐기는 소박한 삶, 북쪽 지방의 강한 사투리, 기복이 심한 날씨와 비로 생긴 고집, 스카치위스키, 타탄체크, 백파이프로 상징되는 스코틀랜드는 영국 속 또 하나의 영국이다. 옛 스코틀랜드 왕국의 수도였던 에든버러 공항을 나서니 북해의 청량한 공기가 폐부를 채운다.

이곳에서는 매년 8월 초순부터 9월 첫째 주 일요일까지 '에든버러 페스티벌'이 열린다. 1947년 제2차 세계대전의 상처와 아픔을 극복하고 유럽의 평화와 스코틀랜드 지역의 문화 부흥을 위해 시작된 것이 오늘날 세계 최고의 문화 예술축제로 자리 잡았다. 크게는 오페라, 발레, 연극 등 극장가를 중심으로 열리는 인터내셔널 페스티벌과 거리 공연인 프린지 페스티벌, 군악대 공연인 밀리터리 타투를 중심으로 재즈 앤 블루스 페스티벌, 북(Book) 페스티벌, 영화 페스티벌 등 공연예술의 총 집합 축제이다. 특히 프린지(fringe: 주변, 언저리, 초보) 페스티벌은 세계의 예술가들이 가장 참여하고 싶어 하는 축제 마당이다. 도시의 중심도로인 로열 마일을 중심으로 아마추어 예술인부터 전문 예술인에 이르기까지 독특한 소재의 공연이 펼쳐진다. 시선을 끌기 위한 차림은 물론이고 노래와 춤, 악기 연주, 팬터마임, 마술, 개그 등을 선보이는 그들 주위로 한 무더기씩의 관광객들이 몰려든다. 이렇게 자기 공연을 하는 사람들과 페스티벌 기간 중 극장에서 있을 공연을 광고하기 위한 홍보로 도시 전체는 자유와 생동감으로 출렁인다. 우리나라도 그동안 〈난타〉, 〈점프〉, 〈비보이를 사랑한 발레리나〉 등의 극장 공연과 부채춤, 풍물패, 개그맨들의 거리 공연이 있었다.

어디선가 한국말 소리가 나서 돌아다보니 우리나라 개그맨 네 명

2010년 에든버러 페스티벌에 참가한 한국의 옹알스

이 '옹알스' 공연 홍보를 하고 있었다. 페스티벌 평가에서 별 다섯 개
(최고점)를 받았다는 모양이 그려진 천수막과 초면의 연예인늘 사이
에서 사진을 찍고 보니 축제의 한가운데로 들어온 실감이 났다.

아름다운 하모니로 합창을 하는 여성들, 웃통을 벗고 누워 자기
팀 공연을 꼭 보러 오라는 남자, 계속 신나게 몸을 흔들어대는 청년
들, 마술과 코미디를 섞어 웃음과 놀라움을 주는 마술사의 관객이
되어 축제 속으로 섞여 갔다. 피부색과 언어는 중요하지 않았다. 거
리의 모든 사람은 똑같이 푸른색의 숨을 들이마시고 내뿜었다.

종교개혁의 중심지였던 성 자일스 성당과 그 선구자였던 칼뱅파

목사 존 녹스의 동상을 지나 걷다 보니 스코틀랜드 국립미술관 앞이다. 어젯밤 분명 커다란 여성의 얼굴이 그려져 있던 정문 앞 바닥엔 지저분한 차림의 남자가 그림을 그리고 있었다. 여성의 얼굴 위에 엉덩이를 깔고 앉은 걸 보니 자신의 자리라고 표시하는 건가 보다. 그는 화판에 스프레이 물감을 뿌리고 신문지와 칼로 멋진 풍경화를 만들어 냈는데 예술적 가치는 모르겠지만 그 묘기는 신기(神氣)에 가까웠다. 클래식한 미술관 앞에서 초현실적이고 전위적인 작품을 볼 수 있는 것, 그것이 에든버러 축제의 묘미로 느껴진다.

영국은 모든 박물관과 미술관이 무료인데 이곳은 축제 기간을 이용한 '인상주의 화가전'이라는 특별전으로 10파운드의 입장료를 받고 있었다. 밀레, 고흐, 바질, 르누아르, 모네 등의 작품들 가운데 고흐의 〈꽃이 핀 자두나무(Plum Trees)〉라는 그림 앞에서 발길이 멈추어졌다. 회색과 붉은색의 파스텔톤으로 화폭을 채우고 하얀 낮달 아래 담배를 피우고 있는 신사와 숙녀의 권태로운 분위기가 몽환적이다.

전시관에서 지하로 내려오면 미술관 뒤편의 공원과 연결된다. 축구장만큼 넓은 잔디 위에는 쌀쌀한 날씨에도 불구하고 햇빛을 즐기는 젊은 청년들의 옷차림이 가볍다.

도시에서 고개를 들어 보면 제일 높은 건물이 '스콧 모뉴먼트'이다. 스코틀랜드의 위대한 문장가이자 '북쪽의 마술사'라 불리는 월

축제 중 스코틀랜드국립미술관 정문 앞 바닥의 그림

터 스콧의 기념비로 런던의 트라팔가 광장의 넬슨제독 기념비보다 5미터 높게 지었다고 한다. 그렇게라도 잉글랜드에 대한 그들의 자존심을 세우고 싶었던 모양이다. 60미터 정도의 비니 석(Binnie Stone)으로 된 검은 탑은 멀리서 보면 괴기스럽고 을씨년스럽기까지하다. 탑을 받치고 있는 네 개의 기둥 사이 빈 공간, 애견과 함께 앉아 있는 스콧의 하얀 동상에서 그를 사랑하는 국민들의 마음이 읽힌다. 287개의 계단을 올라가면서 64명의 소설 속 주인공들을 만나는재미와 올라갈수록 좁아지는 통로에서 부딪치는 이름 모를 사람들과 주고받는 낯선 친밀감, 멀리 퍼스만의 수평선과 도시 전체를 한눈에 볼 수 있는 전망대의 아찔함을 동시에 맛볼 수 있는 곳이다.

우리나라에서 상영된 바 있는 영화 〈롭 로이〉의 원작자인 월터 스콧과 함께 스코틀랜드의 3대 문인으로 꼽히는 스티븐슨과 로버트 번스를 한곳에 모은 '작가 박물관'은 로열마일에서 '레이디 스테어스 클로즈(Lady Stair's Close)'라는 골목으로 들어간 곳에 있었다. 한 층에 한 작가씩 그들이 생전에 썼던 원고들과 유품이 전시되어 있는 작은 규모의 아담한 돌집이다. 이층의 창가 쪽 '스콧의 다이닝룸'이라는 팻말이 놓인 곳엔 책상에 앉아 글을 쓰는 스콧의 모형과 4시 27분을 가리키는 긴 괘종시계가 방문자의 발길을 붙잡는다.

클로즈를 돌아 나와 다시 로열마일에 섰다. 지금도 영국 여왕의 숙박 장소인 할리우드 궁전에서 에든버러 성에 이르는 로열마일은 과거엔 왕가 전용도로였다. 평민들은 Close라는 작은 골목길로만 통행이 가능했는데 클로스 중의 하나인 '브로이드 클로스' 입구엔 디콘 브로디스(Deacon Brodise)라는 사람의 모형이 세워져 있다. 그는 상업 길드의 어른이었지만 밤에는 도적이 되어 살인도 일삼는 두 얼굴의 실존 인물이었다고 한다. 『지킬 박사와 하이드』는 이 인물을 토대로 쓴 스티븐슨의 대표작이다. 해적 같은 옷차림에 신사처럼 지팡이를 짚고 선 것이 보기에도 이중적이다. 어떤 이는 품위와 친절함으로 대표되는 영국 신사와 전 세계에 악명 높은 영국 훌리건을 일컬어 영국인을 '지킬 박사와 하이드'의 이중 얼굴을 한 민족이라고 말하기도 한다. 해적으로 시작된 나라가 '해가 지지 않는 나라'라

지킬 박사와 하이드의 토대가 된 실제 인물의 모형

는 위용을 떨치기까지 그것에 걸맞은 문화와 예술을 지켜 온 그들의 노력에서도 이중성은 성립된다 하겠다.

  페스티벌의 백미로 꼽히는 '밀리터리 타투'는 매일 밤 7시 30분에 에든버러 성 앞에서 열린다. 해마다 20여만 명의 관객을 동원하는 세계 최대의 군악 축제인 것이다. 태양이 모습을 감춘 8월 말 도시의 날씨는 초겨울이었다. 성 입구 양쪽과 정면을 향한 6천여 개의 좌석이 빈틈없이 채워지고 그 사이로 어둠이 비와 함께 스며드는 시각, 순간 성문 양쪽으로 횃불들이 일제히 타오르고 성문이 열리면서 스코틀랜드 제1보병대를 시작으로 프랑스, 스페인, 자메이카 등 각국의 군악대가 차례로 입장했다. 전통복장에 악기를 둘러멘 그들은

밀리터리 타투

근엄하고 웅장한 연주에서부터 경쾌한 음악엔 신나는 몸짓까지 연출하며 관객들의 환호를 받았다. 전쟁과 반목의 현장인 성 앞에서 무기가 아닌 악기로 축제를 시작한 그들은 누구였을까. 그들의 기원을 담은 축포가 밤하늘을 수놓으며 공연이 끝났다.

유네스코 세계 문화유산인 에든버러는 중세의 문화 유적을 간직한 작고 아담한 도시이다. 할리우드 궁전 옆으로 가장 높은 지대인 칼튼 힐에 오르면 넬슨 기념탑과 미완성의 나폴레옹 전쟁 전사자의 기념탑 등, 그리스풍의 건물이 여기저기 흩어져 있다. 가깝게는 도시 전체가 내려다보이고 멀리는 포스 만까지 시야가 트인다. 대부분의 서양인들처럼 이들도 아테네에 대한 향수를 지닌 걸까. 이런 그리스풍의 건물로 '스코틀랜드의 아테네'라 불리는 에든버러. 중세의 한 도시에서 만난 축제로 삶이 '축제'로 다가온다. 한바탕 신명나게 놀고 가는 마당, 때로는 밟히고 흔들리며 피워 올린 꽃들이 모두 제 향기를 뿜어내는 곳, 그 삶의 현장이 축제인 것이다. 그곳에서 우리는 모두 푸른 숨을 쉬는 존재자들이다.

스페인에서
투우를 만나다

_두엔데를 찾아서

　옛 그리스 사람들이 헤라클레스의 황금사과가 싹이 난 곳이라 했으며, 아랍인들은 하늘이 2층으로 되어 있다면 1층은 스페인이라 했던 곳. 신기(神氣), 광기(狂氣), 접신(接神)으로 해석되는 예술의 최고점인 두엔데를 투우의 정신으로 칭하는 나라. 스페인 마드리드 바라하스 공항의 자동문이 열리는 순간, 뜨거운 열기와 설렘과 흥분이 얼굴로 덮쳐 왔다.

　중세 최대 제국이었던 땅이 800년 동안 아랍인들의 지배를 받으면서 어떤 문화를 형성했는지, 그것을 어떻게 간직하고 있는지를 확인한다는 것은 그 자체로 신비이고 경이였다.

로시니의 〈세비야의 이발사〉, 모차르트의 〈돈 지오바니〉와 〈피가로의 결혼〉, 비제의 〈카르멘〉을 탄생시킨 세비야, 세르반테스로 하여금 돈키호테를 불러내게 한 황량한 벌판 라만차, 중세 최대의 국제 도시 코르도바, 피카소를 품은 말라가, 하늘과 맞닿은 도시 톨레도 등 도시가 그대로 박물관인 스페인의 첫 방문지는 수도 마드리드이다. '산복숭아와 곰의 마을'이라고도 불리는 마드리드는 '물이 고이는 곳'이라는 뜻을 가진 아랍어 '마헬리트'에서 유래되었다.

헤밍웨이가 작품을 쓰며 자주 들렀다는 '보틴 식당'에서 저녁을 먹고 그가 생전에 열광했던 투우를 보러 투우장으로 향했다.

마치 바로크 시대로 회귀한 듯한 도시 마드리드의 '라스벤타스' 투우장은 2만 5천 명을 수용하는 스페인 최대 규모의 투우장이다. 가톨릭과 이슬람의 혼합인 신(新) 무데하르 양식의 건물은 '피'를 연상시키는 붉은 벽돌을 사용히여 위협적이면서도 이국적인 멋을 풍겼다. 매표소를 지나 건물 안으로 들어서니 뜨거운 태양을 피한 곳에 고여 있는 서늘함이 으스스함으로 바뀌어 관람석까지 따라왔지만, 마치 야구 경기쯤 보러 온 것 같은 사람들의 가벼운 표정에 내 마음도 슬슬 풀어지고 있었다. 백야가 시작되는 스페인의 6월은 경기 시작인 오후 8시에도 한낮의 열기로 뜨거웠고 두엔데를 만나는 첫 관문은 백야의 낯섦이었다.

피카도르

   한 명의 투우사가 한 마리의 소를 쓰러뜨리는 것으로 알고 있던 투우는 실제로 보니 많이 달랐다. 한 마리의 소를 쓰러뜨리는 데 네 단계의 프로그램에 따라 12명의 투우사가 등장했고 그 과정은 삶의 깨달음만큼이나 혹독하고 잔인했다.

   3년에서 5년 동안 들판에서 자유롭게 자란 검은 수소는 투우장으로 끌려와 24시간 동안 좁은 우리 속에 갇힌다. 극심한 스트레스를 받은 소는 경기 시작 전, 엉덩이를 10센티미터 가량 칼로 팍! 찔리는 순간, 경기장을 향해 미친 듯 뛰어나간다. 원형경기장 안으로 달려 나온 소가 사람들의 함성에 주춤한다. 그때 두 명의 투우사가 한 조인 '쿠야드리아' 여섯 명이 번갈아 가며 천으로 소를 흥분시킨다.

반데리예르

그리고 짧은 트럼펫 소리와 함께 말을 탄 두 명의 '피카도르'가 등장한다. 보호대로 완전무장을 하고 붕대로 시야를 가린 말을 탄 투우사는 긴 창으로 소의 급소를 찌르는 역할이다. 정확히 창에 찔린 소의 급소에선 붉은 피가 콸콸 흘러나온다. 검은 소와 붉은 피! 그때부터 그 잔인하고 아름다운 배색에 관중들의 눈이 홀리고, 마음이 홀리고, 넋이 홀린다.

피를 흘리며 씩씩거리는 소를 향해 다시 트럼펫 소리와 함께 세 명의 '반데리예로'가 한 명씩 등장한다. 이들은 나비처럼 몸을 날쌔게 점프하며 소의 급소에 '반데라'를 꽂는다. 소의 등에 꽂히는 반데라는 모두 여섯 개, 약 50센티미터쯤 되어 보이는 알록달록한 빛깔

마타도르

과 깃털로 장식된 이 꼬챙이는 끝이 작살로 되어 있어 한 번 꽂히면 빠지지 않고 소가 몸을 움직일 때마다 살을 더욱 헤집게 된다. 무언가 몸에 달려 있는 것이 불편한지 소가 자꾸만 몸통을 흔들어대기 때문이다. 피를 쏟을수록 힘이 약해진 소가 고통으로 숨을 헐떡이고 뱃가죽이 들썩거릴 때마다 관중석 사람들의 숨도 가빠 왔다.

 마지막으로 군중들의 환호를 받으며 등장하는 것은 투우의 꽃인 '마타도르'이다. 화려한 금빛의 옷을 입고 뜨거운 태양빛 아래 서 있는 투우사와 피범벅이 된 검은 소와의 정면 대결이다. 그가 들고 있는 붉은 천을 '물레타'라고 하며 '에스파다'라고 하는 칼을 천 뒤에 감추고 소의 얼굴 앞에 물레타를 흔들어댄다. 소에게 최대한 가까이 붙어서 소를 많이 움직이고 흥분시킬수록 관중들은 미친 듯 올레를 외쳐댄다. 투우사는 한껏 멋진 자세로 관중을 향해 답례를 하고 마지막으로 소의 숨통을 끊는다. 한 마리의 소가 쓰러지는 데는 약 20분가량 소요됐고 모두 여섯 마리가 실려 나갔다.

투우사의 금빛 찬란한 의상과 피범벅 된 소의 검붉은 색이 주는 것은 삶과 죽음의 극적 긴장감이다. 죽음의 위협 앞에서 우아한 묘기를 부리는 위대한 인간, 마술적인 접신의 단계를 보여 주는 투우사의 신기와, 그것에 열광하는 관중들의 환호와 흥분, 그것은 광기였다.

첫 번째 소가 검붉은 피를 토하며 다리를 접고 옆으로 털썩 쓰러지자 내 옆의 여자는 가슴을 부여잡고 허리를 꺾었다. 또 다른 사람은 아예 손수건을 눈에 대고 꺽꺽 소리 내며 울었다. 한 마리의 짐승을 12명의 인간이 돌아가며 죽이는 과성이라니…… 나 역시 그 잔인함에 가슴이 오그라드는 것 같았다. 그러나 세 번째 소가 쓰러진 후부터는 우리 모두가 올레를 외치고 있었다.

모든 것을 익혀 버릴 듯한 태양의 열기와 살아있는 소가 뿜어내는 생명의 핏빛 열기가, 우리를 뫼르소처럼 파괴하지 않으면 견딜 수 없는 지경으로 몰아가는 것 같았다. 군중에 휩쓸려 함께 올레를 외쳤지만, 인간의 본능 안에 잠재되어 있는 잔인함과 파괴성을 확인하는 쓸쓸한 시간이었다.

투우는 야생에서 암컷들을 마음껏 범하며 살던 수소와, 화려한 복장으로 물레타(붉은 천) 뒤에 에스파다(칼)를 감추고 상대를 유혹하는 투우사가 신랑 신부로 비유되기도 한다. 투우사와 소의 결전지인 투우장은 결혼이라는 굴레이며, 흥분과 긴장의 도가니인 투우 경기는 신혼 첫날밤이라는 것이다. 투우사의 유혹적인 속임에 목숨을 거는 소와 한 여자에게 정복당하는 남자의 속성을 닮은꼴로 해석한 것이 재미있다.

그러나 무엇보다 투우가 주는 심오함은 속임과 깨달음에 있다.

우리의 삶에서도 속이는 것의 실체를 바로 알아야 한다. 속이는 것은 실체가 없다. 속는 '나'가 있을 뿐이다. 소는 철저하게 속는다. 자신을 속이는 것은 흔들리는 천이 아니라 그 천을 들고 있는 인간이라는 것을 죽기까지 깨닫지 못한다. 인간은 소를 끝까지 속인다. 속임에도 지혜와 유연함이 필요하다. 어차피 시작된 싸움, 피할 곳 없는 굴레 안에서 인간은 죽음 앞에 당당하다. 관중은 그런 투우사에게 열광한다. 그것은 우리 안에 억눌려 있던 어둠, 두려움, 고통의 분출이며 해소이다. 상대를 쓰러뜨리고 정복했다는 쾌감과 그것들이 만나 일으키는 열락의 단계, 열망만으로는 닿을 수 없는 곳, 접신의 자리, 두엔데이다.

나는 소에게 들려주고 싶다. 작살처럼 살을 헤집는, 피할 수 없는 고통이 닥쳤을 땐 조용히 바짝 엎드려야 한다고. 몸부림칠수록 상처만 깊어질 뿐이라고. 지혜로운 자는 존재의 평온을 누릴 것이고, 어리석은 자는 파멸에 이를 것이라는 깨달음이 따가운 햇살만큼이나 따갑게 심장을 찔러 왔다.

그래서일까. 투우는 많은 예술가들에게 영감을 주어 작품으로 승화되었다. 고야, 피카소, 모네의 그림과 스페인 전통 스텝이며 리듬인 파소 도블레, 〈투우사의 노래〉 등의 음악, 시인 가르시아 로르카와 헤밍웨이의 문학에 큰 영향을 끼쳤다. 영화에선 〈기적〉, 〈그녀에게〉를 통해 투우사의 일상이 클로즈업되며 그들의 삶과 죽음을 보여 준 바 있다.

스페인에서는 3월부터 10월까지 투우가 벌어지는데 마드리드에서는 성 이시드로 축제인 5월 15일부터 시작된다. 스페인의 황소 우상문화를 바탕으로 목축업의 번성을 기원하는 고대 제의식에서 유래했다고 보는 투우가 현대적인 모습을 갖춘 것은 18세기 중반부터이다. 이슬람 점령시기에 국토회복전쟁의 영웅 엘시드(1043~1099)가 창으로 투우를 한 것을 시작으로, 16세기에 카를로스 5세가 아들 펠리페 2세의 탄생을 기념하기 위해 바야돌릿 광장에서 소를 죽이는 행사를 했다고 한다. 이후로 18세기까지 귀족들의 오락행사였던 것이 18세기 중엽부터 직업 투우사가 생겨나 스페인 남부 지방인 안달루시아를 중심으로 활동하기 시작하여 오늘에 이른다.

스페인을 대표하는 문화로 오랫동안 자리매김 되어 왔던 투우에도 1990년대부터 반대 운동이 번지기 시작했다. 세계 각국의 각종 동물보호단체들이 지나치게 잔인하다는 이유로 반대 운동에 나선 것이다. 스페인에서 분리된 독립국가라고 주장하는 카탈루냐 지방의 바르셀로나 시의회는 2004년에 투우를 금지시켰다. 스페인 투우의 본고장인 론다에서는 매년 9월에만 투우경기가 열린다. 그러나 스페인 중앙 정부나 카탈루냐 외의 다른 지방 단체들은 여전히 투우 덕을 톡톡히 보고 있으며 유명한 투우사는 할리우드의 A급 배우 대접과 추앙을 한 몸에 받고 있다. 또한 스페인의 일부 문화계 인사들은 투우를 유네스코가 지정하는 세계문화유산에 등록시키기 위한 캠페인을 벌이고 있다. 과연 투우를 동물학대로 볼 것인지 전통 문화로 인식해야 할 것인지에 대한 대립이 만만치 않아 보인다.

　문화란 시대와 세대의 변천에 따라 생활양식은 물론 육체적, 정신적 정서를 담아내며 발전해 가는 것 아닐까. 스페인에선 중세에 머물러 있는 것이 도시들만이 아니었다.

엘 그레코가 사랑한 도시,
톨레도

    중세에서 시간이 멈춰 버린 도시, 말 탄 기사가 똑깍똑깍 소리를 내며 지나가고, 좁은 골목을 빠져 나올 때마다 돈키호테와 산초가 기다릴 것만 같은 도시, 새들도 잠시 나는 것을 멈추고 걷고 싶어지는 도시, 톨레도는 신비한 마법의 성이었다. 누구라도 이곳에선 현실을 잊고 '나'를 잊게 된다. 그리고 비워진 그 공간은 과거를 통해 미래를 살게 하는 에너지로 채워진다. 세계에서 단위 면적당 문화유산이 가장 많은 도시, 그러나 그 보다 더 강렬하게 파고드는 것은, 낮은 하늘 아래 모든 것이 정지된 듯한 도시의 모습이다.

톨레도 전경

수도 마드리드에서 남쪽으로 70킬로미터쯤 떨어진 곳에 위치한 톨레도는 도시 전체가 살아있는 박물관이며 세계문화유산으로 등록된 곳이기도 하다. 기원전 192년 로마의 변방으로부터 서고트족의 왕국으로, 이후 400년간 이슬람의 통치를 거쳐 1087년 알폰소 6세에 의해 수복되기까지, 파란만장한 역사만큼이나 다양하고 풍부한 문화유적을 간직하고 있다.

1561년 펠리페 2세에 의해 수도가 마드리드로 옮겨 갈 때까지 천년고도였던 이곳이 변함없이 지키고 있는 것은 종교적 위상이다. 5세기 이후 수많은 종교회의가 개최된 곳이며, 톨레도 중심부에 자리한 대성당은 스페인 가톨릭의 총본산으로 중요한 의미를 갖고 있다.

관광객을 설레게 하는 것은 중세의 유적만이 아니다. 톨레도는 세르반테스가 돈키호테를 탄생시킨 곳이며, 크레타 출신의 엘 그레코가 35세 때 정착하여 살다 묻힌 곳이며, 헤밍웨이 원작 영화 〈누구를 위하여 종은 울리나〉가 이곳 타호강을 배경으로 촬영된 곳이기도 하다.

스페인 국민들에게 정신적 고향이며 자부심인 톨레도, 삼면이 타호강으로 둘러싸인 그곳으로 가기 위해선 알칸타라 다리를 건너야 했다. 2천 년 전 로마시대 때 지어진 건축물로 가장 오래된 다리가 현재와 과거를 이어 주고 있었다.

베드로의 눈물

하나의 섬 같은 도시의 중심부 그 정상에 톨레도 대성당이 있다. 이슬람 왕국 시기엔 회교 사원이었으나 1086년 톨레도가 수복되면서 알폰소 6세에 의해 성당으로 개조되었다. 이후 알폰소 8세는 스페인 내 아랍 세력에 결정적인 타격을 준 톨로사 전투의 승리를 기념하기 위해 현재의 대성당을 건축할 것을 결정하고, 1226년에 공사를 시작하여 266년 만에 완성된 건축물이다. 바둑판 모양의 돌들이 정갈하게 깔린 대지 위로 뾰족한 가시 왕관의 모양을 한 첨탑이 하늘을 찌를 듯한 위엄으로 솟아 있었다. 전 세계 고딕 양식 중 네 번째로 큰 규모와 화려함을 자랑하며 그 안에 22개의 예배당과 대

제단, 성가대실, 보물실과 미술품이 진열된 복합 문화 공간이었다.

성경의 내용을 한 편씩 조각으로 만들어 이어 붙인 대제단화, 성가대실의 호두나무 의자마다 이슬람 정복의 역사를 영화처럼 한 장면씩 묘사한 조각, 맞은편 돔을 통해 들어오는 빛을 받고 있는 천장의 조각(트란스파렌테), 성물실의 수많은 보석들에 탄성이 절로 쏟아졌지만 경이적인 이 화려함과 신앙심이 무슨 관계인지 묻고 싶어졌다. 보물로 가득한 방을 지나 미술품들이 전시된 방에 이르니 제단화인 엘 그레코의 〈엑스폴리오(성의를 박탈당하는 예수)〉와 〈베드로의 눈물〉이 궁금한 마음을 다독여 준다. 닭이 울기 전 예수를 세 번 부인한 것을 참회하는 베드로의 눈물은, 종교와 신앙을 넘고 시간을 초월하여 한 인간의 간절한 마음으로 화폭을 적시고 있었다. 22개의 예배당이 호위하듯 둘러 있는 대성당 한쪽에 남아 있는 모슬렘의 기도실도 화려함에 짓눌린 내게 작은 감동을 주었다. 한때 무적함대로 불렸던 이 나라가 가톨릭의 총본산인 이곳에 이교도의 예배실을 남겨둔 것은 스페인 종교의 아량을 보여 주는 유산이며, 오늘날까지 끊이지 않는 종교전쟁에 귀한 메시지를 던지는 셈이다.

오르가스 백작의 매장

톨레도는 엘 그레코의 도시라 해도 과언이 아니다. 〈천지 창조〉, 〈최후의 만찬〉과 함께 세계 3대 성화로 꼽히는 〈오르가스 백작의 매장〉

엘 그레코가 그린 〈오르가스 백작의 매장〉

이라는 그레코의 그림 한 폭을 보기 위해 세계 각국의 미술 생도들이 모여든다.

그리스의 크레타 섬 출신인 엘 그레코(EL Greco, 1541~1614. 그리스 사람이라는 뜻의 스페인어, 본명은 도메니코스 테오토코풀로스)는 베네치아와 로마를 거쳐 1577년, 그의 나이 35세 때 이곳에 볼일이 있어 왔다가 정착한다. 그의 대표작인 〈오르가스 백작의 매장〉은 신앙심 깊은 오르가스 백작의 장례식 때 하늘에서 어거스틴과 스테반 성인이 내려와 친히 시신을 매장했다는 전설을 바탕으로 그려진 것으로 산토 토메 성당 안에 있는 오르가스 백작의 예배실 벽 한 면을 장식하고 있었다.

톨레도의 귀족이었던 오르가스 백작은 자신의 재산을 산토 토메 성당의 빚과 가난한 성도들을 위해 쓸 것을 유언장에 남김으로써 죽음 이후까지 하나님을 섬긴 사람이다. 재정적 어려움을 극복한 성당은 시간이 흐른 뒤 그의 장례식에 얽힌 전설을 소재로 한 그림을 그의 무덤 위에 걸기로 결정하였고, 그것은 벨라스케스, 고야와 함께 스페인의 3대 화가인 엘 그레코에게 맡겨진 것이다.

장례식을 묘사한 화면의 아래는 오르가스 백작의 시신 양옆으로 어거스틴과 스테판 성인, 그 주위를 엘 그레코 자신을 포함한 귀족들이 서 있는 지상의 세계를, 그 위는 죽은 이의 영혼을 팔로 감싸면서 위로 올려주는 천사와 받을 준비를 하고 있는 성모 마리아를 포함한 천상의 세계를 완벽하게 표현하고 있다. 톨레도의 어두운 밤,

햇불을 들고 백작의 장례를 행하는 사람들이 그림 밑에 놓인 무덤 뚜껑을 금방이라도 열어젖힐 것 같은 신비로움에 오소소 소름이 돋았다.

전설의 여인 카바

세르반테스 언덕 위로 우뚝 솟아 있는 건물은 톨레도 대성당과 함께 가장 아름다운 유적으로 꼽히는 알카사르(성채)이다. 로마 집정관의 주둔지였던 것을 서고트족과 이슬람 점령시기에 요새로 쓰이다가 알폰소 6세가 톨레도를 수복한 후 왕성으로 재건축되고 수도가 마드리드로 옮겨간 후에는 왕실 가족들의 숙소로 사용된 곳이다. 이후 나폴레옹의 침략과 스페인 내란을 거치면서 파괴와 재건을 거듭하여 오늘날은 무기박물관으로 사용하고 있다.

재건축으로 인해 다른 유적들보다 세월의 흔석은 엷어 보였으나 지하에는 스페인 내란 당시 대피소로 사용되었던 방들이 보존되어 있어 역사의 숨결이 깊고 진하게 배어 있는 곳이다.

하늘과 땅이 닿아 있는 듯한 도시, 여러 민족과 문화가 어깨를 맞대고 있는 도시의 미로를 천천히 걸어 내려와 산 마르틴 다리 앞에 섰다. 전설의 여인 카바의 아름다움이 스며 있는 듯 푸른 타호강은 눈부시게 빛나고 있었다.

아프리카에 파견된 백작 훌리안에게는 아름다운 딸 '카바'가 있었

산 마르틴 다리와 알카사르 성채

다. 어느 날 카바가 타호강에서 물놀이를 하는 모습에 반한 로드리고(고트족의 마지막 왕)가 그녀를 강간하고 만다. 카바는 그녀의 아버지에게 호소하는 편지를 쓰게 되고 왕에 대한 복수를 결심한 아버지 훌리안은 아랍 세력을 끌어들여 아랍이 스페인을 점령할 수 있게 했다는 전설이지만 당시 역사적 배경으로 볼 때 근거 있는 일로 인정받고 있다.

다리를 건너와 파라도르(중세의 성채나 수도원을 국립호텔로 내부를 변경한 건물)에서 바라보는 도시는 그레코가 '톨레도 전경 지도'라는 그림을 어디서 그렸는지를 알게 해준다.

여러 민족과 다양한 종교가 서로 대립하지 않고 공존할 수 있었던, 포용의 땅만이 가질 수 있는 독특한 이 아름다움에 반해 그는 죽을 때까지 이 도시에서 떠나지 않았나 보다. 한여름 태양의 열기는 40도를 넘고 있지만 잠깐 그늘 아래로 들어서면 금세 땀이 식고, 어쩌다 한 줄기 바람이라도 불어오면 청량한 내음에 피로가 씻긴다. 향긋한 오르타 차 한 잔을 시켜 놓고 그레코의 시선을 따라가 본다.

정지된 듯 평화로운 톨레도의 전경 위로 그레코의 그림이 겹쳐진다. 삶이 잠시 정지한다.

일본 규슈
오토바이 상륙 작전

_살아서 아름다운 지옥을 보다

　오토바이 카페 회원들인 37세 장년 남자 5명과 우리 부부가 합세한 7명이 오토바이를 배에 싣고 부산항을 출발했다. 시모노세키 항에 내린 것은 다음날 아침 9시. 우리나라와 별로 다를 것 없는 비슷한 풍경이지만 건물 이마마다 달린 간판 글씨가 일본어라 일본임을 알겠다. 조상의 빛나는 얼은 닮지 못하고 촌스럽게 일본에 대한 적개심만 물려받은 나는 오토바이 여행이 아니었다면 아마 죽을 때까지 이 나라를 올 마음이 없었을 것이다. 지진이 나서 태평양 속으로 침몰하든지, 화산 폭발로 공중분해 되든지, 독도를 자기네 땅이라고 우길 때마다 '제발~' 하고 비는 내가 그렇다고 애국자라는 것은 아니다. 오토바이로 일본 간다는 말에 얼씨구나 하며 껌 딱지처럼 붙어왔으니 말이다.

BMW 오토바이를 끌고 일본에 상륙한 다섯 명의 남자들 사연도 제각각이다. 제과점 사장인 남자 1(두근)은 아내한테 부산 출장 간다고 거짓말을 하고 왔다. 오토바이 타는 걸 들킬까봐 머리도 빡빡 밀었단다. 남자 2(보이내)는 안경점 사장인데 총각이다. 한국에서도 못 찾은 색싯감을 찾겠다고 왔다. 남자 3(졸라바)은 형이 오토바이 타다 저 세상으로 간 터라 어머니께 일본으로 연수 간다며 왔다. 남자 4(썰마초)는 결혼한 지 두 달 된 아내한테 돈으로 합의보고 왔다. 남자 5(오스키)는 스키 선수 출신답게 정정당당히 왔다고 목소리에 힘을 준다. 싫어하거나 말거나 염치 불문하고 중년도 상중년인 우리 부부까지 7명, 남자 여섯에 홍일점인 나야말로 체면이고 뭐고 없다. 홍일점도 홍일점 나름이지 나이 오십 넘은 내가 그들에겐 홍일점도 청일점도 아닌 애물단지임이 뻔했지만 여기가 어딘가, 일본 아닌가. 얼굴을 철판으로 덮었다.

관광이 목적이 아니라 뻥 뚫린 고속도로에서 질주하기 위해 온 여행이라는 걸 알아차리는 데는 그리 오랜 시간이 걸리지 않았다. 마중 나오기로 한 사람이 펑크를 내자 우리는 다음 목적지인 후쿠오카를 향해 무작정 달리기 시작했다. 일본말을 하는 사람은 아무도 없었지만 일본어를 읽을 수 있는 남자 5가 선두를 맡고 우리 부부가 두 번째로 섰다. 어쨌든 나는 뒷자리에 앉아 슬슬 흥이 올랐다.

윤심덕과 김우진이 함께 몸을 던진 현해탄으로부터 달큰하고 씁쓰레한 바람이 온몸으로 달려든다. 태풍으로 말갛게 씻긴 하늘 아래 한 점 풍경이 되어 풍경 속으로 들어간다. 교각처럼 미끈하게 뻗은 대나무와 함께 울창한 숲이 되고, 제 이름을 부르며 날아가는 새가 되고, 그 새를 뒤따르다 놓친 시선 끝에 겹겹이 쌓인 산맥이 되고, 그 위로 나른하게 누운 구름이 된다. 오토바이가 주는 자유는 바로 뜬구름을 탄 듯 자연과 하나가 되는 것이다.

가끔 도로변으로 반듯한 경작지와 마을이 나타났다. 주택은 대부분 진회색의 정갈한 기와에 흰 벽을 한 전통가옥이다. 우리나라처럼 빨간 지붕, 파란 지붕, 슬레이트 지붕들이 옹기종기 모여 있는 곳이 농촌인 줄 알았는데 이곳은 전원주택단지만큼이나 질서 있고 정갈하다. 그리고 없는 것이 있다. '집' 이외엔 널려 있는 것이 없고 쓰레기가 없다. 마을이건 시내 도로변이건 얄미울 정도로 깨끗하다.

슬쩍 뒤돌아본다. 오토바이 대회에 출전하려고 연습하러 왔는지, 체 게바라 흉내 내러 왔는지 모르지만 'ROK(Republic Of Korea)'를 앞면에 부착한 오토바이가 라이트를 켜고 일렬로 달리는 모습이 멋지다.

선두가 입간판을 보고 찾아간 곳은 우리나라의 한정식집 같은 분위기가 났다. 닫힌 문을 보고 포기하며 돌아서려는데 문 여는 소리가 들리더니 50대로 보이는 여자가 나왔다. 허리를 굽히며 어쩌구

저쩌구 한다. 영어로 식사를 할 수 있겠냐고 물으니 또 어쩌구저쩌구 하는데 그 어쩌구가 길어 안 된다는 말로 우리는 알아들었다. 그런데 그녀가 손짓으로 염소를 몰 듯 우리를 문으로 몰아세우자 '아, 밥 주려나 보다'며 우리는 건물 안으로 염소처럼 몰려 들어갔다. 밥집 하나 찾은 것을 이렇게 늘어놓는 데는 이유가 있어서다.

입구는 소박했지만 들어서니 일본 귀족쯤 되는 사람이 살던 집을 개조한 곳이었다. 여섯 개의 너른 방마다 일본 전통 가구와 그림들로 고풍스럽게 꾸며져 있었고, 방마다 전면이 정원을 향해 유리창으로 되어 있었다. 복도를 따라 가면 그 끝에서 꺾여 또 다른 공간, 사랑방 같은 별채가 나오고 정원으로 내려서면 희귀한 나무와 새들과 벤치가 손님을 맞고 있었다. 별천지다.

그보다 더 탄성이 나온 것은 음식이었다. 그 큰 음식점의 메뉴는 딱 한 가지, 소바와 덴푸라뿐이다. 음식을 주문한 지 30분이 지나서야 대섭을 하나 갖다 순다. 이어서 나온 덴뿌라는 요리도 예술임을 확인시켜 주었다. 그 모양과 색깔에 모두 탄성을 질렀다. 호박꽃도 꽃인 줄은 알았지만 덴푸라가 될 수 있다는 것을 처음 알았다. 노오란 호박꽃을 펼쳐 손바닥만 하게 튀기고, 속껍질째 밤을 튀기고, 호박을 튀기고, 파프리카를 튀겼다. 꽃향기와 야채 향기가 입 안에 가득 퍼지며 고소한 기름과 함께 목구멍을 넘었다. 창밖 정원을 바라보며 장인의 손길과 숨결이 느껴지는 깊은 맛에 취하고 보니 옛 귀족의 흥취가 따로 없다.

평화공원

    후쿠오카에 도착했지만 마중 나오기로 한 사람이 사정이 생겨 다음날 저녁 벳푸역에서 만나자고 연락이 왔다. 모두 참담한 표정이다. 일본어 벙어리인 우리는 영어와 몸짓으로 저녁과 숙소를 해결했지만 생각보다 두 배나 비싼 저녁값에 대한 의문은 다음날에야 알 수 있었다. 먹고 달리기만 했던 어제와 달리 뭐든 한 가지라도 의미 있는 것을 해야 할 것 아니냐는 내 말에 함께 관광 가이드북을 펼쳤다. 그리고 아소산을 거쳐 벳푸까지 가는 일정이므로 후쿠오카에선 '평화공원'을 가보기로 했다.

    히로시마에 이어 원폭 투하 지점인 곳에 둥근 돔 모양의 천정을

평화를 기원하는 메시지들

올려 그 당시의 모습을 그대로 보존하고 있었다. 안으로 들어서니 파괴된 우라카미 성당의 제단 앞으로 피폭 전후의 나가사키 거리 모습이, ㄱ 주위로는 원폭의 참상을 나열한 집기들과 사진들이 있고 그 뒤로는 원폭 장애에 대한 연구로 헌신한 나가이 다카시 박사에 대한 자료와 피폭자들의 절규를 담은 사진들이 전시되어 있었다. 이유 없이 죽어 간 많은 원혼들도 있을 터인데 왜 내 마음은 이리도 싸늘하기만 한지. 굴러다니던 연민 조각 하나 보이질 않는다. 입구 로비에 진열된 평화를 기원하는 종이학조차 가증스럽다. 평화를 말하려면 이웃나라에 대한 예의부터 지키라고 말해 주고 싶다.

약 160킬로미터의 거리를 가기 위해 다시 출발한다. 신호 대기 앞에서 잠시 정차할 때마다 일본인들이 호기로운 눈빛을 보냈다. 고속도로 휴게소에선 붙임성 좋은 아저씨들이 "강꼬꾸네~, 오우 비엠다 블유다." 하며 엄지손가락을 세워 보이면서 알은 체를 했다.

절경이라는 아소산 입구에서 '지옥온천'이라는 팻말을 보고 들어 갔다. 아소산은 근자악, 고악, 중악, 저도악, 오모조악이라는 다섯 개의 화산으로 이루어진 산으로 아소 오악(阿蘇五岳)이라 하며 세계에서 가장 큰 분화구가 있다. 화산 폭발 때 지반이 함몰하여 생긴 사발 모양의 칼데라에는 활화산인 나카다케(중악)산과 많은 온천이 있으며 분화구 안에는 너른 초지에서 소와 말들을 방목하고 있었다.

끓는 가마솥 위에 산이 올라앉은 듯 하얀 김을 무럭무럭 피워 올리는 산의 정상에서 우리는 살아서 지옥을 보았다. 깎아지른 절벽 아래, 설설 끓는 물 아래, 꿈틀대는 옥빛 물살은 마치 인간을 삼키려는 혀 놀림 같다. 불(火)지옥이다. 그 물살과 물빛은 얼마나 유혹적인지…… 아름다운 지옥이다. 그래서 천당보다 지옥을 사람들이 더 많이 찾는가 보다.

모르는 길이니 어둡기 전에 벳푸에 도착할 계획으로 서둘렀지만 금세 어둠이 몰려왔다. 어두운 국도, 음료수 자판기의 불빛만이 군데군데 가로등처럼 서 있는 길을 두 시간쯤 달린 것 같다. 점점 길이 좁아지며 옆으로 계곡이 흐르는 숲길로 접어들자 등골이 서늘해졌다. 불빛 하나 없는 빽빽한 숲 속에서 오토바이 엔진 소리보다 계곡 물 흐르는 소리가 더 크게 들리는 것은 공포였다. 선두가 내비게이션을 잘못 보고 숲길로 들어선 것이다. 우여곡절 끝에 빠져나와 늦은 밤에야 벳푸역에 도착했다. 밤 깊은 소도시의 기차역엔 우리나라와 다를 바 없는 쓸쓸함이 고여 있었다. 지구의 어느 모퉁이에서 누군가를 기다린다는 것이 어쩌나 낭만적인지 '기다림은 만남을 목적으로 하지 않아도 좋다.'는 시구에 잠시 젖었던 것 같다.

그날 밤 11시쯤에야 기다리고 기다리던 사람이 왔을 땐 모두 구세주를 만난 듯 얼굴이 빛났다. 숙소 예약을 못한 우리는 새벽 2시까지 잘 곳을 찾아 순례를 했지만 다다미방에 고가구로 장식된 일본 전통 '료칸'을 찾아낸 것은 순전히 통역 회원 덕분이었다. 어쩌구저쩌구를 통역해 줄 사람이 있다고 생각하니 든든했다. 그러나 살아서 지옥을 보고 손짓 발짓으로 먹고 자고 해보니 뱃장이 두둑해졌다.

지구촌 어딜 가든 먹고 사는 것은 다 똑같다. 언어가 통하지 않는 것은 잠깐의 불편일 뿐, 오히려 무례히 굴지 않고 상대방의 몸짓을 깊이 관찰하고 원하는 것을 해주려고 노력한다. 유창한 언어를 주고받아도 상대방이 절벽처럼 느껴질 때 받는 절망보다 훨씬 희망적이다. 손짓 발짓 여행이 주는 즐거움이다. 오토바이를 타고 규슈 섬에 내린지 이틀이 지났지만 거의 먹고 자고 달리기만 했다. 다음 여정인 유후인이 기대된다.

루미를
아시나요?

　'벨리댄스 공연 관람' 일정이 있는 카파도키아에 도착한 것은 오후 6시, 파묵칼레에서 버스로 여덟 시간 만에, 터키 땅을 밟은 지 사흘 만에, 한국을 떠난 지 엿새 만이었다. 슬슬 소주가 그리워지던 참에 벨리댄스 공연을 보며 무제한으로 술과 안주를 즐길 수 있다는 말은 반라(半裸)의 무희만큼 유혹적이었다. 홍시를 터뜨려 놓은 듯한 노을을 보는 둥 마는 둥, 밥을 먹는 둥 마는 둥 서둘러 약속 장소로 달려갔다.

　지하로 뚫린 비스듬한 길을 내려가 들어간 곳은 3천 평은 족히 되어 보이는 공연장이었다. 무대를 중심으로 석회암을 파낸 원방형의

수피댄스

객석엔 세계 각국에서 온 사람들이 각자 무리를 짓고 있었다. 불이 꺼지고 화려한 벨리댄스를 숨죽여 기다리는데, 청아한 방울소리와 함께 등장한 것은 검은 휘장을 두른 듯한 남사들이있다.

한 남자가 세 남자 앞에서 종을 흔들자 그들은 검은 옷을 벗었다. 원통형의 모자 아래로 온몸이 흰색 치마의상으로 바뀌었다. 다시 종이 울리고 음악과 함께 세 명의 남자들은 양팔을 벌린 채 돌기 시작했다. 머리는 오른쪽으로 15도쯤 기울인 각도로 오른손은 하늘을, 왼손은 땅을 향한 모습으로. 그리고 왼발을 중심축으로 삼아 오른발을 180도씩 돌리니 치마가 원을 그리며 팽팽하게 퍼졌다. 팽이처럼 돌기만 하는 게 무슨 춤이랄 수 있을까 하는 생각이 지루해질 때까지 회전은 계속되었고, 심심해진 나는 그 춤이 어떤 원리로 도는 것인지를 관찰했다. 그래도 여전히 돌고 있는 모습을 바라보고 있자니 신비롭고 편안한 기운이 내 안으로 스며드는 듯한 묘한 기분이 느껴졌다.

이것은 회전춤인 수피댄스였다. 루미(잘랄 앗 딘 알 루미, 1207~1273)가 터키에서 창시한 메블라비 종단의 명상기도 방법으로 루미에 의해 정착된 것이다. 수피댄스, 또는 데르비시라고도 하며 이 춤을 추는 의식을 세마라 한다.

루미와 그를 따르는 수피들은 에고에서 벗어나는 한 훈련으로써 세마의식을 행하는데, 원통형 모자는 비석을 상징하며 흰 수의는 에고의 죽음을 나타낸다. 지축과 같은 각도로 고개를 기울이고 하늘을 향한 손은 자기 비움을 통해 하늘로부터 신의 사랑을 받는 것을 상징하고, 땅을 향한 손은 이 땅의 공동체와 신의 사랑을 나누는 수피들의 삶을 상징하는 것으로 우주적인 큰 사랑의 표현이다.

이슬람의 신비주의인 수피즘은 8세기 이후 수니파와 시아파로 분열된 후 시아파 속에 나타난 종파로, 영지에 이르기 위해선 간접적인 지식을 통하지 않는 신과의 합일,

루미의 초상

혹은 흡수를 통해서만 가능하다고 여겨 끊임없는 명상과 사색을 요구한다. 이런 과정은 수많은 수피 시인들을 탄생시켰고, 아랍과 페르시아 문학에 커다란 영향을 미치게 되는데, 그 대표적인 인물이 루미이다. 이슬람 최고의 신비주의자이며 천재 시인인 그의 작품들은 신에 대한 사랑을 바탕으로 한 숭고함과 심오함, 신비스러움과 성스러움으로 국가와 종교를 넘어 세계 곳곳에서 되살아나 사랑 받고 있다. 사랑하는 존재를 향한 간절한 기다림, 고통, 완전한 합일의 황홀감 등, 신과 사람을 아우르는 그의 연애시를 읽다 보면 800년이라는 시공간이 무색해진다.

지금의 아프가니스탄인 발흐에서 태어난 루미가 법관이며 종교학자인 아버지를 따라 터키의 코냐(그곳 사람들은 '꼬냐'라고 발음)에 간 것은 1229년, 열두 살 때이다. 13세기 코냐는 실크로드의 서쪽 끝에 있어 여러 문화가 만나고 다양한 종교가 공존하던 도시였다. 그곳에서 루미는 많은 현자들의 가르침과 영향을 받게 된다. 이십대에 이미 수학, 물리학, 법학, 천문학과 아랍어, 페르시아어 등과 코란에 능통했던 그는 알레포와 다마스쿠스로 여행을 떠났다가 서른 살에 코냐로 돌아와 정착한다. 명석하고 신실한 학자로서 영적 은총을 지닌 그에게 위대한 만남과 분해의 순간이 다가온 것은 1244년, 그의 나이 서른일곱이었다. 이란의 타브리즈에서 온 방랑자, 신비주의 수도 승인 샴스를 만난 것이다. 샴스를 통해 진정한 수피가 되고 시인이

루미 사원

된 루미는 자신의 생명이 다할 때까지 수많은 시와 우화를 남겨 이슬람 문학의 정수를 꽃피웠다.

루미의 대표 작품인『영적인 마스나위』는 6만 6,406개의 구에 6권 분량의 대서사시로 수피즘의 교의, 역사, 전통을 담아 오늘날 '신비주의의 바이블', '페르시아어로 된 코란'이라는 명성을 얻고 있으며 이슬람 문학 작품 중 가장 많은 영역본을 갖고 있다.

동정과 자비를 위하여는

태양과 같이 되어라

남의 허물을 덮어 주기에

밤과 같이 되고

관용을 강처럼 베풀라

노여움은 죽음처럼 그리고

겸손하기는 땅처럼 되어라

당신의 모습대로 내보이고

당신이 내보이는 바대로 되어라

-시집 『입술 없는 꽃』 중에서

기독교적 입장에서의 이슬람교에 대한 왜곡된 정보로 인한 편견과 미국의 반(反)이슬람 정서가 확산되는 이 시대에 루미의 탄생 800주년을 맞아 유네스코가 2007년을 '세계 루미의 해'로 정한 일은 뜻 깊은 일이라 하겠다.

〈황홀한 회전〉이라는 루미에 대한 다큐멘터리를 만든 티나 페트로바는 "젤라루딘 루미는 '황홀의 민수화'를 가르친 스승이다."라고 말한다. 루미를 따르는 수피들의 세마의식은 신과의 합일에 이르는 황홀한 경험인 것이다.

'부재에 이르는 존재의 분해', 즉 자아 소멸을 통해 영혼을 발견하고 절대 사랑을 경험하며 누구나 신성하고 끝없는 진리를 볼 수 있다는 루미의 가르침은 여전히 유효하다. 사랑과 깨달음의 기쁨 속에 살다간 그의 삶을 기리는 해를 맞이하여 종파와 인종과 국경을 넘어선 진정한 평화를 소망해 본다.

터키에서 사온 춤추는 인형을 책상 위에 올려놓고 바라본다. 손가락으로 톡 치면 저 혼자 빙글빙글 돌아간다. 자신의 비석을 머리에 쓰고 하늘로부터는 사랑을, 땅으로는 그 사랑의 전파를 기원하는 마음을 담고 팽이처럼 돌고 도는 모습에 내 마음을 얹는다.

그곳에 가면
'그 남자'가 있다.

"신짜오(안녕하세요)!"

검은 피부에 큰 눈망울을 가진 말라갱이 청년이 승선하는 관광객에게 인사를 한다. 반가움보다는 어색한 미소가 먼저 다가온다.

"신깜언(감사합니다)."

하루 만에 배운 어설픈 발음으로 답례를 하자, 메마른 입가로 잠깐 떠오른 반가운 미소 끝에 흔들리는 그의 눈빛과 마주쳤다. 후끈한 열기 속임에도 가슴 한 결으론 서늘한 바람이 지나갔다. 관광객을 태운 배가 출발하자 조그만 나룻배를 타고 다가와 옆 창문을 두드리며 과일을 내미는 어린 소녀와, 잠든 아기를 옆에 누인 아낙네

하롱베이

에게서도 비슷한 감정이 느껴졌다. '그 남자'를 만나러 가는 설렘은, 불쑥 나타난 연민으로 바다 밑까지 차분히 가라앉고 있었다.

'하롱베이'라는 이름에선 영롱한 물빛 속에 비밀스런 전설을 품은 듯한 냄새가 배어난다. 인간이 존재하기 이전부터 인간의 탄생을 기다려온 억겁의 시간과, 떠돌다 지친 숱한 영혼들의 마지막 쉼을 안아 들이는 소리가 '하롱베이'라는 단어 속에서 숨 쉬고 있다.

'하롱'은 하롱(下龍)의 베트남식 발음이다. '하(Ha)'는 '내려온다', '롱(Long)'은 '용(龍)', '베이'는 '만(灣)'이라는 뜻으로, '하늘에서 내려온 용의 바다'라는 의미이다. 바다 건너에서 쳐들어온 침략자를 막기 위해 하늘에서 용이 내려와 입에서 보석과 구슬을 내뿜자, 그 보석과 구슬들이 바다로 떨어지면서 갖가지 모양의 기암(奇岩)이 되어 적을 물리쳤다는 전설에서 유래된 이름이다.

1994년 유네스코가 지정한 세계자연유산인 하롱베이는 바다의 구이린(桂林)이라고 불리며 석회암의 구릉대지가 오랜 세월에 걸쳐 바닷물과 비바람에 침식되어 생긴 3천여 개의 섬과 기암들이 바다 위에 솟아 장관을 이룬다.

구효서의 『남자의 서쪽』에서 만난 정체 모를 '그 남자' 때문에 하롱베이를 오래 가슴에 품었다. 푸름 속에 검붉은 빛을 품은 바다를 바라보며 막배에 오르는 주인공 박재준을 향해 천천히 왼손을 흔들던 '그 남자'가 그곳에 가면 있을 것 같은 상상이 늘 하롱베이와 겹쳐져 있었기 때문이다.

소설은 베트남 출장 중, 현지에 살고 있는 한국 사람인 '그 남자'를 만난 1인칭 화자 박재준이 어느 날부터 '그 남자'에게 편지를 쓰는 것으로 시작한다. 가정과 직장밖에 모르고 살아온 40대 중년의 어느 날, 박재준은 같은 직장에 근무하는 여직원의 당돌한 프러포즈를 받게 되면서 '그 남자'를 떠올린다. 삶의 한 순간 잠시 스쳐 지나갈 만남이라 여겼던 일탈로 기존의 질서가 무너지자 자기 정체성을 찾아 떠나는 불가해한 운명을 지닌 한 사내의 이야기이다.

주인공 박재준이 만난 '그 남자'는 검게 탄 피부와 마른 체구, 카키

화산섬

색 군복에 헝클어진 머리카락으로 바이차이(하롱만과 접해 있는 유흥지)를 부랑자처럼 어슬렁거리거나 야자수 아래에서 망연한 눈빛으로 바다를 바라보곤 한다. 고향 어딘가 있던 '붉은산'의 저주에서 도망치듯, 전 재산을 가지고 베트남으로 가 두 척의 유람선을 사고 하롱베이에서 킬리만자로를 꿈꾸며 죽음과 대결한다. 도넛처럼 생긴 화산섬에 홀로 남아 박재준을 향해 손 흔드는 모습이 소설 속 '그 남자'의 마지막 모습이다.

뿌연 안개와 구름에 싸여 환상인 듯, 미지의 세계인 듯, 그림 같은 바다로 배가 미끄러져 들어갔다. 등 뒤에 두고 온 육지와 다른 시공간으로 진입하는 착각에 자꾸만 뒤를 돌아보았다. 갑판에서 멀리 바라보이는 섬은 숲을 이루고 있다가 다가가면 제 각각의 신묘한 모양과 빛깔로 나타나곤 했다. '천국'이라는 뜻을 가진 '티엔쿵 섬'에서 석회 동굴을 보고 두 번째로 배가 도착한 곳은 모래사장이 펼쳐진 '티톱 섬'이었다. 그곳에서 주변 섬을 보기 위해 모터보트로 갈아 탔다. 사람이나 동물 형상의 섬들을 지나고, 보트 지붕이 닿을 것 같은 터널을 지나고, 누구의 집으로 들어가는 듯한 입구를 지나 다다른 곳은 분명 도넛 모양의 화산섬이었다.

백두산이 물에 잠기고 허술한 곳에 구멍이 생겨 그곳을 통해 배를 타고 천지로 들어온 듯, 사방은 방금 들어온 입구만 빼곤 바다와 격리된 또 하나의 바다였다. 또 하나의 하늘과, 또 하나의 바람과, 또 하나의 빛을 품은. 세상과의 소통을 거부하는 절대 고독과 그래서 운명조차 끼어들 수 없는 초월 의지로 가득한 곳, 궤도를 이탈하여 영원한 이방인을 꿈꾸는 자들의 눈빛을 닮은 곳이었나. 그곳에서 칼리만자로의 만년설 가까이에서 얼어 죽은 표범을 떠올리던 '그 남자'의 숨결과 체취가 화산섬 곳곳에 스며 있었다.

삶이란 얼마나 완강하고도 또한 허술한 것인지. 죽음 이외엔 결코 넘을 수 없는 것이기도 하다가 때론 한 사람의 눈짓 하나에도 와해 되어 버릴 수 있지 않은가. 한 여자로 인해 삶의 기존 질서가 파괴된 박재준은, 그를 둘러싼 삶의 굴레를 훌훌 벗어 던지고 '또 하나의 나'인 '그 남자'를 찾아가기 위해 돈을 인출하며 중얼거리는 말로 소설은 끝난다.

"마흔다섯이 아니더라도, 죽음에 이르지 않더라도, 누군가와의 갈등이 아니더라도, 세상과는 얼마든지 작별을 고할 수 있는 것이라고."

박재준이 하롱베이에 와서 배를 샀는지는 모른다. 그리고 그가 이 화산섬에서 '그 남자'를 다시 만났는지도 알 수 없다.

그러나 누구든 이곳에 오면 망연한 눈빛을 가진 '그 남자'를 만날 수 있을 것만 같다.

5장

이분을 소개할게요

나는 여전히 뜨겁고 마음속엔 늘 불온한 바람이 불지요. 매일 출발하고 매일 도착하면서, 매일 상승하다가 매일 추락하고, 매일 사는가 하면 매일 죽음을 경험하면서, 매일 천국이고 매일 지옥같이 살아요. 나는 작가이기 때문에 짐승처럼 뜨겁게 살려고 해요. 그러다 바람, 길, 강이 되어 흐르는 거겠지요. 내가 죽으면 저 강이 된 줄 아세요. 여러분이 꽃이 되어 떨어지면 내가 안고 흐를게요._소설가 박범신

영원한 사랑과
불멸을 꿈꾸는 작가

_소설가 박범신

"『소금』은 베이비부머 세대 아버지들에 대한 이야기이며, 눈물이고 영원한 텍스트인 내 아버지에 대한 기록이죠. 소금은 모든 맛의 기본이잖아요. 삶도 소금이 갖고 있는 짠맛, 단맛, 쓴맛이 다 들어 있어요. 아버지의 인생을 소금에 비유한 뜻도 있지만 사람을 살리는 소금으로써의 소설 쓰기를 바라는 내 염원이기도 합니다."

당대의 본질적인 문제를 밀도 있게 형상화하고 있는 작가 박범신. 한국 문단을 근 반세기 동안 현역으로 지키고 있는 '영원한 청년 작가'인 그가 등단 40년 만에 40번째 장편소설 『소금』을 출간했다. 절대빈곤의 상황에서 태어나 격변의 시기를 거쳐 경제성장의 주역으로 살아온 5, 60대의 아버지들. 『소금』은 세계의 비합리적인 소비 문명에 아내와 자식을 빼앗기고 책임과 의무만 남은 그들의 불안한 존재의식과 고독을 대변한다. 가출한 아버지를 통해 가족의 의미를 묻고 어떻게 주체적인 삶을 회복하는지 보여 주고 있는 이 소설은 늙어 가는 애비의 등에 빨대를 꽂고 사는 젊은이들에게 아버지들이 어떻게 살았는지 알려주기 위한 작업이었다고 작가는 말한다.

"어렸을 때 병을 앓으시던 아버지가 외아들인 나를 위해, 살고자 똥물을 들이키는 걸 본 적 있었어요. 젊었을 땐 나도 너무 몰랐죠. 나이를 먹고 히말라야를 자주 가면서 등짐 진 노새를 보다가 어느 날 주저앉아서 울었어요. 이 세상의 모든 어머니와 아버지가 히말라야의 노새라는 생각에……."

웃고 있어도 눈가엔 늘 슬픔이 고여 있는 작가의 눈빛이 촉촉해진다. 성성한 은빛 머리에 연륜만큼 깊어진 주름, 소설에 대한 열망으로 대워 버렸는지 깽마른 채 그는 부서질 듯 위태롭다. 위태로운 건 육체만이 아니다. 끊임없이 자기 변화와 변혁을 모색하며 언제나 사랑의 열망이라는 뜨겁고 고통스럽고 황홀한 감옥에 갇히기를 욕망하는 늙은 청년 작가의 불온한 매력! 그 때문인가. 70년대 후반부터 시작된 그의 인기는 좀체 식을 줄 모른다. 아니 날이 갈수록 왕성한 활동과 집필로 저력을 내뿜고 있다. 논산에서 여전한 그의 인기를 확인했다.

소설가 박범신

　지난 4월 28일부터 5월 2일까지 실시된 〈내 고향 논산 땅 걷는다〉는 고향 사람들과 전국의 독자 200여 명이 논산의 유적지와 작가 박범신의 발자취를 따라 총 60여 킬로미터의 길을 걷는 행사였다. 2년 전 논산으로 집필실을 옮긴 그는 삶의 본원적인 에너지와 가치를 부여받은 고향에서 어머니이자 첫사랑, 첫 꿈인 원초적인 마음을 회복하고자 고향 땅 밟기를 제안했다. 마지막 날 그의 집필실 마당에선 마지막 행사로 작은 음악회가 열렸다. 마당가 바위 위에 올라앉은 그의 마른 몸피로 쏟아지던 햇살 아래엔, 외로워서 가면을 벗고 앉은 맨얼굴의 그가 있었다. 5일 동안의 강행군으로 몹시 지쳤음에도 검게 그을린 얼굴엔 희색이 만연하다. 누구든 친구처럼 다정하고 소탈하게 맞아 주며 상대방을 행복하게 해주는 그가 참석한 모든 사람의 손을 일일이 잡아 주고 행사는 끝났다.

"단 하루만이라도 어버이 품 속 같은 고향땅을 온전히 걷고 나면 개인적으로는 삶의 새로운 에너지, 새로운 가치를 얻을 것이고, 사회적으로는 우리가 잃은 공동체의 회복과 그 힐링의 길을 예시 받을 거라고 생각합니다." 논산 땅에 모인 전국의 독자들과 방송사, 언론사 등의 카메라에 둘러싸인 그는 한결같은 미소와 답변으로 끝까지 성실함을 보여 주었다.

예민한 감수성과 존재에 대한 깊은 연민으로
평생 사랑을 앓는 순정주의자

'홀로 가득 차고 따뜻이 비어 있는 집'이라는 문패가 달려 있는 집 필실 안으로 들어갔다. 왼편으로 넓게 트인 거실에 앉으니 앞창으로는 정원을 지나 탑정호의 수면이 일렁이고 뒤창으로는 찻상과 창호지 문을 배경으로 만개한 봄꽃이 한 폭의 정물화처럼 펼쳐져있다. 가득 찬 듯하면서 동시에 텅 빈 곳. 저 홀로 가득 차고, 수시로 따뜻이 비어 있는 집이라고 그가 설명한다. 홀로 있을 때야말로 집이든 사람이든 자신의 세계로 가득 차는 것 아니겠는가. 마치 자신을 이야기하는 것으로 들린다. 논산으로 내려온 이유를 물었다.

"자기 변혁을 위해서 귀향한 거죠. 안락을 버리고 불편과 고독과 위태롭게 대면하면서 작가로서 새 출발하고 싶어서요. 법률적으로는 독거노인이지만 나는 여전히 뜨겁고 마음속엔 늘 불온한 바람이 불지요. 매일 출발하고 매일 도착하면서, 매일 상승하다가 매일 추락하고, 매일 사는가 하면 매일 죽음을 경험하면서, 매일 천국이고 매일 지옥같이 살아요. 나는 작가이기 때문에 짐승처럼 뜨겁게 살려고 해요. 그러다 바람, 길, 강이 되어 흐르는 거겠지요. 내가 죽으면 저 강이 된 줄 아세요. 여러분이 꽃이 되어 떨어지면 내가 안고 흐를게요."

출생 이전부터 부여받은 슬픔과 결핍과, 불가사의하고 무모하고 도발적인 내적 분열의 고통이 자신의 에너지라고 하는 사람. 그의 몸 안에는 그 에너지를 먹고 사는 '늙지 않는 짐승'이 있다. 하루라도 글을 안 쓰면 생살을 찢고 나오는 '낙지' 같은 그것은 예술적 끼와 영감으로 가득 차 있다.

『나의 사랑은 끝나지 않았다』는 논산에서 일 년 동안 페이스북에 올렸던 글과 산문을 모아 엮은 논산 일기이다. 혼자일 때 어떤 생각을 하고 어디를 어슬렁대며 어떤 이웃과 지내는지, 때론 가득 차고 때론 비어 있는 그의 소소한 일상이 필름처럼 펼쳐 있다. 또한 작가로서 통절한 고통을 호소하는가 하면 지나온 날에 대한 회상의 글을 통해 인간 박범신을 만나게 된다.

"다시 온 고향은 옛날 고향이 아닌데 나는 옛날 고향을 떠날 때의 나로부터 한 걸음도 못 나갔다는 느낌이에요. 여전히 불행하고 고독하고 눈물 나고…… 행복지수가 높아지지 않은 거죠. 60여 년 고독했으면 내공이 쌓일 때도 됐는데…… 처음 고독한 것처럼 여전히 눈물이 나요. 작가란 단독자로 세상과 맞장 뜨는 존재이므로 그 고독감을 널어낼 수 없지만 그것이 습관화되지 않게 항상 새로 느끼려고 노력해요."

예민한 감수성과 존재에 대한 깊은 연민으로 평생 '사랑'을 앓는 순정주의자. 스스로 안락을 저버리고 습관을 경계하는 것은 작가로서의 치열하고 부단한 노력이다. 눈물 많은 그가 '눈물은 나의 가장 아름답고 절실하고 화려한 문장이다. 반역이고 사랑'이라고 고백한다. 훈련되지 않고 세상으로부터 훼손되지 않은 문학 지상주의자의 순정이다.

그는 논산시 연무읍 두화마을에서 종갓집 외아들로 태어났다. 마흔한 살에 아들을 얻은 어머니는 무조건적인 사랑과 함께 '빈 젖'의 고통을 주었다. 많이 배우진 못했지만 선비다운 기품과 꼿꼿한 자세를 지니셨던 아버지는 평생 장돌뱅이로 떠돌아야 했고, 그런 아버지 부재의 환경은 선천적으로 예민하게 태어난 그를 더욱 우울하게 했다. 가난을 둘러싸고 있는 사회, 정치, 경제의 구조적 불평등 때문에 필연적으로 겪어야 했던 가족 간의 불화와 반목, 그것이 세계에 대한 그의 최초의 인식이었다.

중학교 2학년 이후 문학 청년기 대부분을 보낸 강경은 쇼펜하우어의 니힐리즘과 장 주네의 살의를 부여받은 곳이고 데뷔 소설을 쓰고 신혼살림을 차린 곳이다. 그곳을 배경으로 두 번의 자살미수를 저지른 십대 후반에서 이십대 초반까지, 그의 자전적 고백이 담긴 작품으로 『더러운 책상』이 있다. 글쓰기를 지향하는 한 청년의 내적 분열을 다룬 성장소설이며 뛰어난 미학적 성취로 대산문학상을 수상했다. 내가 평생 사랑했고 평생 가장 증오했던 그의 젊은 목숨에 대한 가감 없는 기록'이라는 작가의 말에서 보듯, '늙지 않는 짐승'의 정체와 '영원한 청년 작가'를 이해하는 중요한 포인트가 될 것이다.

"실존의 위태로운 틈에 서 보지 않고 어떻게 감히 유장한 인생으로 흘러 나가겠어요. 터져 버릴 것 같은 팽팽한 자의식의 위험하고 위태로운 행동이었지만 더 깊어지고 깊이 이해하기 위해 필연적으로 겪어야 했던 유랑과 모험과 실존적 자기 파괴의 소중한 시간들이었지요. 지금도 어떤 초월적 꿈들을 생각하면 화염병이 되어 타오르고 벼랑 끝에서 투신하고 싶은 욕망으로 진저리를 쳐요." 그는 초월적 꿈에 대해, 더 이상 쓰지 않아도 될 '마지막 한 편의 소설' 혹은 영원, 불멸, 완전한 사랑, 완전한 세상에 대한 꿈이라고 했다. 필멸의 실존에서 이루어질 수 없는 것을 꿈꾸는 자, 그는 타고난 작가인 동시에 예인이다.

1973년 신춘문예에 당선하자 강경여중 강사를 그만두고 서울로 이사했다. 그리고 1979년『죽음보다 깊은 잠』, 1980년『풀잎처럼 눕다』에 이어서『숲은 잠들지 않는다』,『겨울강 하늬바람』,『불의 나라』,『물의 나라』가 베스트셀러가 되면서 인기작가의 반열에 들어섰고 그때부터 전업 작가가 되었다.

"1970, 80년대에 가장 많은 소설을 썼어요. 내가 좋아하는 것을 전력투구하며 오로지 그것에 집중했던 화려한 시기였고 현실적인 황금기였죠. 10대와 20대는 광기와 무모함과 열정으로 힘들었지만 30대는 눈을 가리고 달리는 말처럼 내 길을 달려갔기에 가장 행복했던 것 같아요."

강한 밝음 뒤에 진한 그림자가 있듯 큰 행복 밑에 큰 불행이 도사리고 있었던가. 엄혹한 80년대에 수많은 베스트셀러를 썼다는 것 자체가 당시의 도도했던 민족문학적 흐름에 좋은 표적이 되었다. "밖으로는 정치적인 억압이 목을 조르는 시대와 불화를 겪었고, 안으로는 동지라고 여겼던 문단 내부와 불화를 겪었어요. 누군가의 지적대로 '전략부재'였던 나는 상처받았고 자학이 깊어 도망치듯 이사 간 안양천변에서 또 한 번의 끔찍한 사건을 저질렀죠."

정치적 억압의 시대에 마음 둘 곳 없던 민중들은 정직한 방식으로 시대의 희로애락을 반영한 그의 세태소설에 열광했고 위로받았다. 그러나 그는 '인기작가'라는 칭송 뒤에 '대중작가'라는 폄하에 고통스러웠다. 일찍부터 '삶의 위험한 조건이야말로 인간의 본성은 물론 인간과 인간 사이의 진정한 우의를 확인시켜 줄 뿐 아니라, 일상의 권태로부터 우리를 구원해 준다'는 생텍쥐페리의 세계관에 매료되었던 그에게 '절필 사건' 또한 필연이었으리라.

　1993년, 사십대 후반인 인기 절정의 작가가 연재소설까지 중단하며 절필을 선언했던 그 날이 생각난다. 그는 문학이 무엇이고 나는 누구인가라는 고통스런 질문과의 정면 대결의 장소로 용인의 외딴집 '한터산방'을 정했고 3년간 스스로를 유폐시켰다.

　"처음 1년간은 지옥 불에 떨어진 것처럼 고통스러웠어요. 산속을 헤매고 벼랑 끝 동굴 속에서 울며 지샌 적도 있었지요. 세상의 끝으로 가고 싶어서 중국, 아프리카, 히말라야 등을 떠돌았고…… 용인 시절은 내가 초월적인 근원의 꿈을 버릴 수 없으나 연약한 지상의 존재라는 사실을 뼈아프게 깨달은 시간이었고 어설픈 농사꾼으로 살면서 영혼의 독기가 빠지고 상처에 새살이 돋은 시기였지요."

　작가로 다시 돌아온 그의 50대는 실존을 직시하고 뼈저린 성찰의 고백으로 정체성을 회복한 시기였다. 『흰소가 끄는 수레』, 『더러운 책상』이라는 고백적 소설을 통해 더욱 정화되고 새로운 생성의 기운을 얻었다. 이어서 이주노동자 문제를 다룬 『나마스테』, 실존의 근원을 탐색한 『주름』, 인터넷 연재의 물꼬를 튼 산악소설 『촐라체』, 역사 인물을 현대적 감각으로 그려낸 『고산자』, 존재론적 예술가 소설 『은교』 등의 작품을 통해 초월적인 꿈을 버릴 수 없으면서 지상의 삶을 견뎌야 하는 그의, 그리고 우리의 비극적인 운명을 섬세하게 그려냈다. 이때 얻은 별칭이 '영원한 청년 작가'이다. 영화로 상영되면서 더욱 인기를 모았던 『은교』에 대해 작가가 입을 열었다.

"『은교』는 깊은 주제의식과 서사가 있는 소설이죠. 완전한 아름다움, 영원한 꿈에 대한 인간의 갈망을 노시인을 통해 말한 거예요. 은교는 어느 한 여자를 지칭하는 것이 아닙니다." 영화 속 박해일은 노시인 이적요의 고뇌와 연륜을 담기에 미숙했고, 여배우 김고은은 은교의 청순함은 지녔으나 관능이 아닌 섹시함을 어필한 것 같아 씁쓸했다. 그러나 영화를 본 관객이 원작에 관심을 갖게 된 것이 그나마 다행이라는 작가의 말은 소설이 영화를 견인하던 시대가 가고 영화가 소설을 견인하는 시대임을 인정하게 한다.

나의 꿈은 은교, 죽었을 때 살아남고 싶어

"소설은 명분 너머 오욕칠정에 대한 통절한 기록이라고 봐요. 세상과 맞서는 나의 무기이고 내 모든 들끓는 것을 소설에 담아내지요. 그런 내 문학의 키워드는 사랑과 작업이에요. 내가 소설을 쓰는 것은 독자한테 작업을 거는 것이구요. 삶은 한마디로 시간과의 연애랄 수 있어요. 연애는 희망이고 도덕이며 마르지 않는 에너지의 원천이죠." 늙은 청년 작가는 자신을 키운 팔 할이 '작업'이었다고 한다. '백전노장의 여자 친구'인 아내와 세 아이들에게 좋은 남편, 좋은 아빠라는 평가를 받는 것도, 수평적인 관계를 유지하며 가족을 행복하게 해주기 위해 늘 작업을 걸기 때문이라는 작가의 얼굴에 피곤이 몰려온다. 이제 작별할 때다.

늦은 밤, 조정리 집필실을 나와 논산역 터미널에서 창밖을 내다본다. 소도시의 불빛은 환하지만 인적이 드물다. 논산…… 군인들의 훈련소로만 각인되었던 그 논산이 맞는가. 작가 박범신이 한밤 내내 우주와 교신하고 있을 것을 생각하니 갑자기 논산이 뜨겁게 다가온다. 그의 눈물처럼 그득한 탑정호와 참혹한 역사의 현장을 지켜보았을 낮은 산야들의 의연함도 문득 눈물겹다.

올 가을 마흔한 번째 소설을 준비 중인 그의 꿈은 은교이다. 현역작가로 살다 죽고 싶은 바람과 죽었을 때 살아남고 싶은 갈망이란다. 온 생애를 오직 글쓰기에 투신해 온 사람, 이제 그는 고향에서 말년의 문학을 시작하고 있다. 그 시작을 『소금』으로 열었다. 인간에게 없어서는 안 되는 소금처럼 사람을 살리고 세상을 살리는 글들을 기대한다. 삶에 길들여지지 않고, 늙지 않는 예술적 자아를 지닌 불온한 매력의 작가 박범신을 응원하는 이유이다.

검은 빛에 홀린
왼편의 시인

_ 시인 유안진

　사람들의 관심이 온통 경제와 민주화에 쏠려 있던 시기가 있었다. 암울하고 흉흉한 소문이 끊이지 않던 1980년대 준반, 지치고 삭마한 영혼들에게 쉼터가 되어 준 작가 중에 유안진 시인이 있다. 이념과 정치색에 식상한 사람들은 그럼에도 불구하고 살아가야 하는 삶의 당위성과, 살맛나는 삶의 함의를 그녀의 글에서 발견했는지도 모른다. 그녀의 첫 수필집 『우리를 영원케 하는 것은』이 단숨에 베스트셀러가 되었고, 1984년에 발표한 『지란지교를 꿈꾸며』는 지금껏 '친구'를 대표하는 명산문으로 사랑받고 있다. 한국을 대표하는 시인 중 한 명이지만, 이력을 보면 학자의 길과 시인의 길을 나란히 걸어

왔음을 알 수 있다. 1965년에 등단 후 국비로 유학 중 그녀는 한국 전통 민속에 사로잡혀 귀국 후엔 30년간 한국 전통 민속을 연구했다. 시인이자 수필가이며 아동발달심리학자로서 우리 전통 아동양육과 교육에 관한 연구를 한 최초의 민속학자로서 모두 일가를 이룬 그녀가 열여섯 번째 시집을 내놓았다. 시집 『걸어서 에덴까지』 책 표지엔 아득하고 무궁한 태초가 담겨 있다. 그리고 그 속에 '한 사람'이 있다. 검은 에너지로 출렁이는 그가 궁금하다.

"에덴은 특정한 장소를 가리키는 것이 아니라 원죄가 없는 최초의 상태입니다. 그것은 배타적인 흰색이 아니고 모든 것을 수용하는 검은 세계죠. 모든 흠과 티를 받아들여 용서하고 치유하는, 그래서 다시 시작할 수 있는, 태양의 흑점 같은 모성의 자리랄까요?"

에덴이라는 단어에서 느껴졌던 구원의 이미지는 결국 모성으로 귀결된다. 그것도 '검은 모성'이다. '검은 혁명', '검은 황홀', '검은 평등', '검은 절대주의' 등. '버림받은 찌꺼기들을 품어 안'는, '시끄러운 것들에 고요와 침묵을 가르쳐 주는', '눈물 나게 슬퍼서 힘 솟게 하는 소울 재즈처럼 흑인 영가처럼 복음성가' 같은 모성의 빛, 검은 빛에 홀린 유안진 시인을 만났다.

어디에 홀린 여인이라기엔 너무 단정한 모습이다. 아니, 홀려도 너~무 홀려 있어 세월이 비껴간 듯, 세상을 놓아 버린 듯, 그윽하고 고요하다.

빛이 아닌 어둠 속에서 울고, 기도하며 시업(詩業)을 이어 온 지 47년째. 그녀의 「로꾸거로」(거꾸로)라는 시처럼 시도 사람도 거꾸로 가는 것 같다. 『걸어서 에덴까지』와 거의 동시에 발간된 촌철살인의 극서정 시집 『둥근 세모꼴』 곳곳에는 천진무구한 어린아이의 시선, 톡톡 튀는 상상력이 밤무대 가수의 재킷처럼 반짝인다. 그녀가 칠순의 나이라는 것도 믿기지 않는다. '검은 황홀'의 힘인가 보다.

그녀가 시인이고 수필가인 것은 유명하다. 먼저 일반 독자들에게 생소할 수 있는 민속학자 유안진부터 만나보기로 한다.

미국 문화인류학자인 루스 베네딕트가 쓴 『국화와 칼』은 일본 문화의 원형, 즉 일본식 아동양육과 일본인의 성격을 탐구한 책으로, 일본을 가장 객관적으로 해부했다고 평가받는 고전이다. 미국 유학 중 이 책을 읽은 그녀는 아무도 하지 않은 우리의 아동과 여성 민속을 자기가 헤야겠다는 결심을 한다. 누가 알세라, 누가 볼세라, 꼭꼭 감춰 놓았다가, 1975년 귀국하여 본격적인 연구를 시작했다. 그로부터 30년 동안 민속학과 연애에 빠졌다. 때와 장소를 가리지 않고 할머니 할아버지 2천여 분을 만났다. 『한국전통아동심리요법』, 『한국전통사회의 유아교육』 등의 연구서와 『아동발달의 이해』, 『부모교육론』 등 다수의 대학 교재, 『한국여성 우리는 누구인가?』, 『옛날옛날에 오늘오늘에』 등의 민속 산문집과, 장편 민속소설, 전통아동놀이 및 동요집 등을 집필하며 우리 전통 아동 및 여성 민속학의 기초

시인 유안진

를 놓았다. 명실공히 최초의
아동학 분야의 민속학자로서
종합적이고 체계적인 그녀의
연구 업적은 여전히 독보적인
위치에 있으며, 우리 전통의
합리성과 타당성을 서구 학문
의 이론으로 설명하였다는 데
더욱 소중한 의미가 있다고 하
겠다.

"우리의 전통 문화가 얼마나
지혜롭고 과학적인지 연구를 거듭할수록 놀라웠지요. 음양오행사
상을 비롯하여 조상숭배, 성기숭배, 풍수지리, 태교, 육아, 놀이, 속
담, 설화, 민요 등의 풍속사를 통해, 이 땅의 조상들이 전승해 온 삶
의 철학, 양식, 가치, 지혜들이 보존되고 후대에 전승되기를 바라는
마음이었어요. 특히 『동의보감』 '구사편'에 단정된 것처럼, 사람이
사는 길은 '사람을 낳아 키우는 일'에서 비롯된다고 했던 우리 조상
들의 '태교' 등 아동양육과 교육은 오늘날 환기해야 할 가치 있는 학
문이라고 생각해요."

속요 모음집 『딸아딸아 연지 딸아』에는 구전되는 속요를 찾아 싣
고 가사에 담긴 문화와 뜻을 풀이하고 있다. '본처노래', '여자팔자',
'딸의 설움' 등, 여인들의 한 섞인 부요(婦謠)와 서민 남정네들의 해

학적인 속요, 자식을 잘 낳아 기른 것으로 여성의 존재 가치가 좌우되었던 당대의 사고와 가치가 자장가 등에 나타나 있다.

『옛날옛날에 오늘오늘에』는 잊혀졌던 옛말, 옛날이야기들을 모은 책이다. '홰홰 친친 가물현 불타졌다 누루황', '담방구야 담방구야 동래나 울산에 담방구야', '원칸 머석해서 거석할 수가 있어야제' 등 옛사람들이 주고받은 이야기와 풍습을 할머니의 옛날이야기처럼 들려주고 있다. 열네 번째 시집이었던 『알고(考)』는 민속 시집이다. 그녀의 학문이 시 속으로 들어온 거다. 우리의 전통 민속이 시적 언어로 치환되어 현재의 삶과 어우러지고 있다. '입고출신(入古出新)'이다.

> (……) 알부자! 그렇지, 알짜배기, 알곡, 닭알(달걀), 새알, 콩알, 불알, 눈알, 얼음알 (……) 곳곳에는 알터 바위가 많아, 바위구멍에 고인 빗물에 달빛이 비칠 때 그 물을 마시면, 달과 물의 음력으로 잉태된다는 기자(祈子) 속신도 있었고 (……) 알이야말로 고향중의 고향이지, 알답다는 아름답다라는 뜻, 태초에 알이 있었지, 자궁 속 난자도 알집 속 알이라, 우린 모두 난자에서 나왔는데도, 새알이든 생선알이든 알만 먹으면 이상해져, 오늘밤 알 슬 일 있어 줄라나?

남존여비 사상에 대한 환멸과 여아 콤플렉스가 키운 어둠의 힘

1남 1녀의 어머니로, 40여 년간 교수로, 학자로서의 삶도 만만치

않았을 텐데, 연약한 여성이 빈약한 가정적, 사회적 대우를 딛고 이뤄낸 성과가 감격스럽다. 무엇이 이토록 그녀를 밀어 올리는지 그 근원을 묻자 시인의 고운 태에 진지함이 오른다.

"한마디로 결핍과 고통과 불행의 힘이죠. 아버지로 인한 남자에 대한 환멸과, 아들에 대한 여아 콤플렉스와 고독과 분노와 허무와…… 그런 것들을 어둠, 그늘, 뒷전, 밤, 등의 포용성 모성성의 가치로 풀었어요. 그래서인지 나는 어둠, 그늘, 뒷자리가 편해요. 그것은 바른손에 대한 왼손이죠. 폴 파이어 아벤트는 모든 예술은 왼손에서 나온다고 했어요. 강자에 대한 약자, 중심에 대한 주변, 잘난자에 대한 못난 자, 부족하고 소외돼서 서러운 곳, 그것이 예술의 출발점이라고 생각해요."

시인이란 스스로 고통과 고독 속에 자신을 유폐시키고 자신의 몸을 쳐서 노래하는 존재들이라 했던가. 세상의 눈으로 보면 많은 것을 이루고 넉넉히 가진 듯하지만 스스로를 낮고 부족하고, 어두운 곳으로 끌어들여 세상과 눈 맞추는 시인의 눈빛이 유난히 검다.

"어렸을 때 우리 집을 진사댁이라고 불렀어요. 증조부께서 젊은 나이에 장날 만세를 부르다 왜경에 잡혀 고문으로 돌아가시고 할아버지는 장남인 아버지를 일찍 결혼시켜 집안 대를 이어가길 원하셨죠. 그런데 첫손주로 딸인 내가 태어나서 크게 낙심하셨대요. 그래도 손녀인 제게 『천자문』과 『동몽선습』을 가르치셨어요. 또 그곳 풍속으로 친가와 외가의 여조(女祖)들이 무시로 암송하던 화전가, 사친가, 사우가 등 내방가사를 듣고 자랐지요. 아버지는 가난하지만 총명한 분이셨어요. 아들로 대를 이어야 한다는 의무감에서 유처취처(有妻取妻)하시고, 어머니는 중풍 드신 할아버지를 모시고 딸 세 형제를 키우셨으니…… 참 서러운 시절이었지요. 어머니의 기도의 힘으로 모두 외국 유학하여 학위를 얻고 한국과 미국에서 대학 선생으로 살고 있어요."

경북 안동에서 태어나 중·고등학교는 대전에서 다녔다. 중학교 2학년 때 문예반 선생님한테 김소월의 시 「산유화」는 왜 계절의 순서를 따르지 않고 '갈 봄 여름 없이 꽃이 피네(지네)'라고 했을까를 질문했다가 망신을 당하고 시인이 되겠다는 결심을 했다. 고등학생 때는 신문에서 최초의 여성 판사(황윤석) 기사를 보고 집안 남자들에게 과시하고 싶어 법관을 꿈꿨다. 그러나 대학에 갈 때에야 현실적 눈이 떠져서 학비가 거의 들지 않는 서울대 사범대에 진학했다.

'시인'이 되겠다던 꿈을 기억해낸 것은 5·16의 발발로 자취방을 뒹굴며 일기를 쓰던 대학 1학년 때였다. 당장 청계천에 나가 『현대문학』 과월호를 사서 읽고 시를 쓰기 시작했다. 그리고는 고교 때 백일장에서 만난 기억이 있는 박목월 시인에게 편지를 썼더니, 한양대 연구실로 습작 노트를 가지고 놀러오라는 답장을 받았다. 그렇게 시를 쓰기 시작했고, 박목월 시인으로부터 1965년 초회 추천을 받았다.

그 후 66년과 67년 이어 3회 추천을 완료하며 시인이 되었지만,

어디서 원고 청탁 한번 없는 무명시인이었다. 그러다 정작 유명해진 것은 수필이었다. 『문학사상』에서 땜통 원고를 부탁하여 쓴 「지란지 교를 꿈꾸며」가 대박이 난 것이다. 이어서 『동아일보』의 '청론탁설' 과 『조선일보』의 '일사일언' 등 주요 칼럼에 글을 쓰면서 『서울신문』 과 『한국일보』를 비롯한 여러 신문과 여성잡지, 기업체 사보에 이르 기까지 원고 청탁이 물밀 듯 들어왔다.

1984년 『문학사상』에 실린 「지란지교를 꿈꾸며」는 발표되자마자 인쇄로 긁어서 친구들 간에 돌려 읽는 등 처음부터 뜨거운 관심을 받았다. 그런데 라디오 프로그램인 '이종환의 디스크 쇼'를 통해 소 개되자 걷잡을 수 없는 속도로 전국에 퍼져 나갔다. 매일 업무 시작 전에 그녀의 산문을 읽어 주는 회사나 학원이 있었는가 하면, 주고 받는 덕담의 편지, 책받침 등 학용품에까지도 유행했고, 급기야 서 예가들이 서예전에서 족자나 병풍글로 써서 전시회를 하기도 했다. '지란지교'를 넘어 삶의 진정한 가치가 무엇인지, 주어진 삶을 어떻 게 살아야 하는 것인지에 대한 근본적인 성찰을 담고 있는 이 글은, 영어, 일어, 러시아어 등으로 번역되고, 하와이 대학교 한국 문학 교 과서에 실려 교재로도 쓰이고 있다. 우리나라 국정교과서에는 이 글 외에도 「쇠붙이와 강철시대의 봄을 맞으면서」, 「사투리 사전」을 만 들자」 등 여러 편의 수필과 시 「다보탑을 줍다」, 「세한도 가는 길」, 「춘천은 가을도 봄이지」 등이 게재되어 있다.

"나는 늘 혼자였고 외로운 야생 시인이었어요. 문학을 전공하지 않아 시집을 내도 어울려 축하하고 아프게 비판해 주는 문청 시절의 친구들이 없어요. 정말 속 터놓고 사귀는 친구들이 있으면 좋겠다는 마음으로 썼지만, 그것은 나 자신에게 쓴 글이라고 할 수도 있어요. 친구를 얻는 좋은 방법은 먼저 스스로 좋은 친구가 되는 거라고 헤세가 말했듯이, 그런 친구를 얻으려면 내가 먼저 그런 사람이 돼야 하니까요."

저녁을 먹고 나면 허물없이 찾아가 차 한 잔 마실 친구를 원한다고 시작한 글은 '우리는 흰 눈 속 침대 같은 기상을 지녔으나 들꽃처럼 나약할 수 있고, 아첨 같은 양보는 싫어하지만 이따금 밑지며 사는 아량도 갖기 바란다.'라든가 '우리는 명성과 권세, 재력을 중시하지도 부러워하지도 경멸하지도 않을 것이며, 그보다는 자기답게 사는 데 더 매력을 느끼려 애쓸 것이다.'라는 대목에 이르면 읽는 사람을 향해 글이 뚜벅뚜벅 들어오는 것을 느끼게 된다.

40여 년간 대학 강단에 섰던 저력인지 그녀는 한 가지에 대해 열 가지의 대답을 들려주었다. 특히 우리 전통 민속에 대한 이야기는 혼자 듣기 아까웠다. 전통 태교와 출생에 얽힌 우여곡절, 예를 들면 출생신고부터 이름, 성별, 아이 낳은 집에 걸었던 금줄의 이치와 지혜, 숯의 효능, 모유와 이유식, 아이스하키의 원조인 팽이치기, 과거 시험 성취동기를 위한 놀이였던 '승경도 놀이' 등을 흥미진진하게 풀어냈다. 앞으로 아이를 낳을 여성이 꼭 읽어야 할 책으로는 『한국

여성 우리는 누구인가』를 추천했다.

어쩌면 영원히 도달할 수 없는 대 긍정의 자리, 에덴까지

이젠 오직 시인으로서 존재한다는 그녀는 시에 큰 대가를 기대하진 않지만, 시 쓰는 일이란 "내 존재 증명"이며 시집은 "내 무덤"이라고 한다. 지치고 괴로울 때 힘이 되어준 것은 그래도 성경과 자식들이었으며, 아직 미혼인 딸은 화가이고, 컬럼비아 대학 치의학 교수인 아들은 어릴 때 추리소설도 쓰고 작곡도 했는데 문학을 전공하지 않아 서운하다고 한다. 늦게 자고 늦게 일어나는 야행성이며, 집에 있는 날이 제일 행복하다는 시인, 경계를 넘나드는 변형시조나 체험과 지혜가 필요한 이솝우화 같은 글을 쓰고 싶다는 시인에게 끝으로 '삶'이란 무엇인지 물었다. "자기가 편하게 사는 것이 가장 잘 사는 거겠죠. 나는 왼편의 삶이 편해요. 예술 자체는 철저하게 왼손 되는 것이라고 생각해요. 그것이 예술가의 삶인 거죠. 소외되고 그늘이고 어둠이고 밤이고, 좀 모자라고 부족한, 그러나 어디에도 속박되지 않는 자유가 있어야겠지요." 박목월 시인이 처음 데리고 간 설렁탕집에서, 선생님이 어려워서 맨 설렁탕을 먹는 그녀를 보시고, 저런 숙맥이니 시는 곧잘 쓰겠다고 했던 것은, 이렇듯 삶에 대한 소박함과 겸허함 아니었을까. 긴 대화 끝까지 단아하고 진지한 모습이 지란(芝蘭)을 보는 듯하다.

민속학이 재밌고 즐겁지만 꼭 해야 하는 직업이라면, 그녀에게 문학은 애틋한 그리움이고 가슴 뻐개지는 황홀이고 숙명적인 고독과 은밀히 나누는 놀이였던 것 같다. 은밀하다 보니 주로 밤에 이루어졌다. 어둠 빛을 사랑하여 '밤하늘의 시인'이다. 그리하여 그녀에게 가득한 어둠의 에너지는 부정의 이미지가 아니다. 그것은 긍정으로 가는 바탕이고 길목이다. 어쩌면 영원히 도달할 수 없는 대긍정의 자리, 에덴이며 모성인 자리를 향해 가는 눈물겨운 발걸음이다. 그래서 그곳으로 가는 길은 '천명이 일러주는 세한행 그 길'일 거다. 걸어서 가는 그 길은 '누구의 눈물로도 녹지 않는 얼음장 길'이고, '닳고 터진 알 발로/ 뜨겁게 녹여 가'야 할 길일 거다. 별을 품고 있는 밤하늘처럼, 생명을 잉태한 자궁처럼, 그 바닥 모를 어둠의 깊이에서 솟아나는 모성성, 모든 허물을 품고 끝내 치유하는 그 '검은 모성'이 걸어가는 길을 우리는 지켜볼 일이다.

갈 수 없는 나라,
닉스란드를 꿈꾸며

_수필가 김창식

　수필이란 '붓 가는 대로 쓰는 글'이란 것이 과거의 통념이었다. 그 범위 또한 전통적 서정성으로 한정하는 경향이 있어 왔다. 최근 들어 수필의 전성시대라 할 만큼 많은 수필가가 활동하면서 수필의 정의와 범위, 한계와 미래에 대한 논의가 활발하다. 보다 확장된 수필 시대가 예감된다.

　첫 창작집 『안경점의 그레트헨』을 발간한 김창식 수필가는 "수필은 붓 가는 대로 쓴 글이 아니라 개인의 체험, 사상, 감정을 언어(문자)라는 수단으로 상상력을 통해 형상화하는 치열하고 정교한 글쓰기"라고 말한다. 개인적 체험이되 신변잡기, 자연 예찬, 가족 자랑에 머무르지 않고 철학적 사유를 개진하거나 보편적인 원형의 정서, 사회 문화적 이슈를 포괄하는 입체적 글쓰기여야 한다는 것이다. 등단 4년차지만 준비된, 무서운 신인이다. 2008년 수필가로 등단 후, 2009년부터는 '자유칼럼'에서 칼럼을 쓰고, 2011년엔 문화평론가가 되었다.

문화평론은 문학, 영화, 음악 등을 다루되 텍스트 해석에 국한하지 않고 보다 넓은 텍스트, 외적인 맥락(context)에서 현상을 진단한다. 현실적 삶과의 상호관계, 공동체의 문화 사회적 흐름을 분석하고 진행 방향을 예견하는 글쓰기이다. 문화평론이 큰 틀에서 인간과 외부 환경 요건의 관계를 다루는 거시담론이라면 수필은 미시적인 개인의 삶과 일상에서 삶의 이치를 읽어내는 문학 행위라고 할 수 있다. 한편, 칼럼은 시의성이 있고 주의, 주장을 펼치는 저널적 글쓰기지만 팩트와 사유, 서정이 결합된다는 면에서 수필과의 접점이 있다.

수필가, 칼럼니스트, 문화평론가로 왕성한 활동을 펼치고 있는 김창식 수필가를 인사동에서 만났다. 깔끔한 정장 차림의 그는 나이보다 십여 년이나 어려 보이는 동안이다. 외양은 전혀 무섭지 않다. 댄디하다. 여느 회사 중역처럼 보였지만 대화는 문학적 진지함으로 가득했다.

『안경점의 그레트헨』은 한국문화예술위원회의 창작기금을 지원받아 발간했다. 수필의 뷔페에 온 듯 서정수필, 서사수필, 철학수필, 콩트수필, 해학수필, 실험수필 등 장르가 다양하다. 첫 수필집이니

만큼 수필 형식의 다양성을 선보이고 싶었다고 한다. 앞으로 여섯 권 분량의 작품이 더 있다고 하니 이 책은 그러니까 '맛보기'인 셈이다. 벌써 두 번째 수필집을 준비 중이라는 그와 '그레트헨'으로 이야기를 시작한다.

그레트헨은 누구인가.

파우스트가 메피스토펠레스와의 계약으로 마법의 약을 마신 후 사랑에 빠진 여인이다. 가장 세속적인 여인에서 최고의 자기 부정, 무한한 자기 체념으로 신에게 구원받음으로써 '구원의 여성'의 대명사가 되었다. 「안경점의 그레트헨」은 작가가 제대 후 낡은 안경을 수리하러 들어 간 안경점에서 후광을 거느린 듯 빛나는 여인에게서 떠올린 '구원'의 상징이다. 아버지쯤으로 보이는 동행한 남자가 일본인이라는 상점 주인의 이야기를 듣고 나선 거리에선 때마침 성탄절 성가가 울려 퍼졌다. 1970년대 초, 성장제일주의라는 기치 아래 윤리와 인권이 짓밟히던 시절, '안경을 부서져라 움켜쥐고 그레트헨을 잃은 설움에 목이 메어 찬바람 도는 명동의 뒷골목을 헤'맨 것은 권력의 횡포에 대한 분노였고, 가난하고 힘없는 자의 설움이었다.

"생각해 보면 치기 어리고 남루한 청춘을 보냈습니다. 이십대 초반, 내 고민의 본류는 1970년대 엄혹한 시대에 대한 부채의식이 아니라 그저 하찮은 궁핍이었어요. 그것이 더욱 나를 부끄럽게 했고, 그래서 가난과 부끄러움은 나를 규정한 징표이자 코드였죠."

「오월의 노래」는 평소 마음에 두었던 여직원 곁에 앉아 말 한번 붙여 보려고 고심하는 통근 버스 안에서의 일을 그리고 있다. 긴급 속보를 알리는 라디오에서 국민의 군대가 국민을 공격한다는 흉흉한 소식을 들으면서 그가 독백처럼 그녀에게 건넨 첫 마디는 '부끄러운, 참으로 부끄러운 세월이에요, 그렇죠?'였다. 어느 곳에선 국민이 죽어 가고 있지만 우리는 사랑을 하고 이별에 눈물 흘리던 부끄러운 날들이 있었다. 그의 부끄러움은 수필 「부끄러움」에서 더욱 심화된다.

독재정권 반대시위가 있던 대학시절, 스크럼을 짜고 나서다 매복조에 걸려 붙잡힌 그는 유치장에서 하루를 보내고 나온다. 교수와 친구들에게 영웅 대접을 받자 아니라고 부인하니 겸양의 미덕을 지닌 영웅이 되어 버렸다. 영웅적인 참여도 하지 않았는데 영웅이 된 것이 부끄러웠다. 몇 년 후, 마음을 짓누르던 부끄러움을 만회할 기회가 왔을 땐 철책 선에서 보초를 서던 군인 신분이었다. 만약 학생 신분이었다면 그 시대의 격랑에 몸을 띄우고 불의에 맞설 수 있었는 가라는 물음에 자신이 없었다. 부끄러움은 가중되었고 그것은 '칠면조의 목 줄기처럼 질긴 참괴함'이었다고 고백한다.

"이후로 부끄러움은 내게 극복해야 할 그 무엇이 되었습니다. 부끄러움은 깨달음의 선행 감정이고, 깨우침에서 비롯한 성찰은 새로운 지혜를 발견하고 용기 있는 실천으로 이어지는 것을 종종 봅니다. 아우구스티누스, 톨스토이, 루소가 참회의 저서를 쓰고 통렬한 반성과 이를 극복하려는 노력에 힘입어 인류의 스승이 된 것 아닐까요. 내가 할 수 있는 가장 치열한 노력 중 하나는 글쓰기입니다. 지금 내가 하는 일을 열심히 하는 것이죠. 그 분투하는 과정에 인간다움이 있다고 봅니다."

'하늘을 우러러 한 점 부끄럼 없'는 삶을 살기란 불가능할 거다. 그의 말처럼 '남부럽지 않은 삶'이 아니라 '스스로에게 부끄럽지 않은 삶'이 되도록 노력하는 과정에 인간다움이 있으리라.

수필집을 관통하는 정서는 자기 성찰과 관조, 관계의 본질(여자의 불가득성, 사랑의 양태), 사라지는 것들에 대한 그리움과 연민, 삶의 이치에 대한 깨달음 등이다. 작품 곳곳에서 발견되는 놀라운 기억력과 문화 예술적 감각, 철학적 사유와 예민하고 순수한 감수성의 원천을 찾아가본다.

그는 순천에 있던 두 개의 극장 중 하나인 '중앙극장' 주인의 장남으로 태어났다. 정계 진출에 실패한 아버지는 고무신 공장, 다방, 목장 경영에도 실패하자 마지막으로 극장을 세웠다. 그곳에서 영화를 보고 자랐다. 열 살 무렵, 게리 쿠퍼가 주연이었던 〈콜로라도의 혈전〉, 엘리자베스 테일러가 출연한 〈애정이 꽃피는 나무〉 등을 기억하고 있다. 할머니의 영향도 컸다. 『삼국지』, 『초한지』를 비롯한 무협소설을 즐겨 읽는 할머니를 따라 함께 읽고 질문하는 대화가 놀이였다. 그의 범상치 않은 문학적 재능에 불을 지핀 결정적인 사람은 순천남 초등학교 5학년 때 만난 강갑중 선생님이시다.

수필가 김창식

"처음 쓴 글이 「동쪽 하늘의 저녁놀」이었어요. 선생님은 서쪽 하늘 아니라 동쪽 하늘에 있는 노을도 상상해내는 아름다운 마음을 가졌다며 칭찬하셨지요. 그 후 어린이 신문에 오르내리고 백일장에서 상 타면서 글 잘 쓰는 아이로 행세했죠. 생각해 보니 그때 선생님은 문학의 본질이 상상에 의한 형상화에 있음을 가르쳐 주신 것이 아닐까 생각해요. 사상과 감정의 형상화야 말로 문학의 정체성을 적시하는 첫 번째 규범이니까요."

당시 그는 자유롭고 창의적인 인성교육에 뜻을 두었던 선생님 덕에 『사상계』, 『현대문학』 같은 잡지와 세계 명작을 접했다. 또한 선생님으로부터 프랑스 고전영화인 〈망향〉, 〈나의 청춘 마리안느〉와 이탈리아 네오리얼리즘 영화인 〈자전거 도둑〉, 〈무방비 도시〉, 심지어 스웨덴 영화 〈제7의 봉인〉, 〈처녀의 샘〉에 대한 얘기를 들었다. 줄리앙 뒤비비에, 잉마르 베리만을 알았던 그 시절의 일들이 자신에게 일어난 일이지만 잘 믿어지지 않는다고 한다.

"내게 특별한 재능이 있었던 것이 아니라 선생님 덕택에 그런 인문학적인 환경에 일찍 노출됐다고 봐요. 평생 일용할 양식을 그때 다 받은 것 같습니다."

초등학교 졸업 후 서울로 이사했다. 아버지 삼형제가 모두 졸업한 우리나라 최고의 명문 K중학교 입시에서 낙방하고 중동중학교에 진학했다. 그즈음 가세가 기울어 정릉의 산마루턱에 세 들어 살면서 고등학교는 K2로 불린 경복고에 진학했다. 『학원』지를 기웃거리며 김동리 소설가로부터 "글이 정확하고 정갈하다."는 평을 받기도 했다. 문청이었지만 문학에 뜻을 두지 않았던 터라 대학은 서울대 법대에 응시했다. 떨어졌다. 일류를 지향했던 자존심에 상처 받았지만 그나마 외대 독문과를 선택한 것은 잘한 것 같다고 한다. 문학에 물이 올랐다. 졸업 후엔 작가나 문예사가를 꿈꿨다. 대학 1학년 땐 단편 「물잠자리」로, 4학년 땐 「사람을 기다릴 때」로 '외대문학상'을 받았다. 당시 독일어로 쓴 작품집(수필, 단편, 논문) 100부를 배포했는데 그것을 읽은 독일문화원 원장으로부터 "아름다운 독일어"라는 극찬을 받았다.

제대 후엔 「쉬는 병사」라는 단편으로 신춘문예 최종심까지 올랐지만 그것이 끝이었다. 결국 문학을 포기하고 대한항공에 입사한 것은 아버지 대신 식구들의 생계를 책임져야 했기 때문이다. 5년간 프랑크푸르트 지점장을 하며 특별한 경험을 갖기도 했지만 승진과 경력 추구가 유일한 목표였던 허구의 나날이었다고 한다.

그 시절을 황폐한 불모의 시기라고 말하는 그는 생의 중반이 뭉턱 잘려나간 어느 날, 차창에 비친 낯설고 수상한 얼굴을 만난다. 세속적이고 물질적인 것을 좇느라 일그러진 슬픈 자화상이었다.

"초일류를 지향하고 최고를 꿈꾸었으나 학업에서도, 직장에서도, 일상생활에서도 항상 그에 한 걸음 못 미쳤던 것 같습니다. 그리고 오랜 기간 피상적인 무위와 편리함에 길들어 있었죠. 문득 차창에 비친 낯선 얼굴은 나를 돌아보는 계기가 됐고, 허허로운 실존에의 인식이 오랜 세월을 에둘러 글을 쓰게 된 직접적인 동기가 된 것입니다."

35년 만에 글을 쓰기 시작했다. 모교인 경복고등학교 홈피에 재미 삼아 올린 글들이 폭발적인 반응을 보이자 주위에서 다른 곳에 글을 내보라고 했다. 혹시나 하는 마음으로 교보문고를 찾았고, 그곳에서 직원이 건네준 수필 잡지에 응모한 것이 신인상에 당선되었다. 곧이어 논설위원, 편집국장, 주필급 전 현직 언론인이 참여하는 인터넷 칼럼 신문인 '자유칼럼'에서 내미는 손을 잡았다. 어린 시절부터 심어진 '영화'에 대한 남다른 감각으로 쓴 「아바타 레거시」(부제: 감각적

영상의 감춰진 미래 인간에 대한 묵시록)는 그에게 문화평론가의 길을 열어 주었다.

갈수 없는 나라, 닉스란드를 꿈꾸며……

다시 문학 얘기로 돌아간다. 짧은 기간 동안 세 개의 타이틀을 얻었지만 수필로 등단했으니 수필 문학이 '홈'이라고 한다. 대학시절 카프카와 헤세에게 영향을 많이 받았다는 그에게 글쓰기에 관한 앞으로의 계획을 듣는다.

"우선 수필에 전력을 다하려 합니다. 한 편 한 편에 혼을 싣는 치열한 글을 써서 수필이 결코 다른 산문 형식에 못지않은 매혹적인 장르임을 실증하고 싶습니다. 그러기 위해 깊은 사유와 신선한 감성으로 보편적인 원형의 정서를 포착하고, 개인의 삶에서 시대적 함의와 사회적 맥락을 성찰하는 수필을 쓰고자 합니다. 체험을 바탕으로 신화와 철학적 개념을 연관해 재구성하거나, 문화 트렌드와 사회적 이슈를 빌어 문학적 상상력으로 형상화하는 스타일리시한 글을 쓰고 싶습니다. 수필집 몇 권을 더 내고 기회가 되면 문화평론집, 칼럼집, 소설집도 내려고 합니다." 열정적인 신인의 일류 지향 정신이다.

그는 영화와 음악 감상, 스포츠 관람과 미드(미국 드라마) 시청을 즐기고 주로 읽는 책은 추리소설과 무협소설이란다. 직장에 다니는 큰아들과 군대에 가 있는 작은아들이 있으며, 대한항공 동료 직원이었던 부인은 그의 글을 가장 먼저 읽고 평해 주는 독자이다. 그는 글이란 어떻게든 삶과 연결되어야 한다고 한다. 그렇다면 그가 생각하는 '삶'이란 무엇일까.

"나는 얼마간 인식론적 회의주의자입니다. 삶은 내게 있어 소망과 당위의 길항 대립, 욕망과 모호함, 비루함의 뒤섞임으로 정의할 수 있죠. 이 모든 것을 견뎌내는 과정이 삶이라고 생각합니다." 조금 어렵다. 앞부분에서 "과정이 인간다움"이라고 한 말이 떠오른다.

'과정'의 한 예를 묻는 내게 그는 "살면서 나이궁(Neigung) 없이 어떻게 살겠습니까." 하고 되묻는다. 나이궁이란 독일어로 쏠림, 경향이라는 뜻이다. 어딘가에 집중하고 몰입함으로써 현실적으로 채울 수 없는 목마름을 풀고 싶다는 뜻으로 이해된다. 그것은 그의 닉네임, 닉스란드(nixland)에서도 읽힌다. 갈 수 없는 나라지만, 마음 속 이상향에 대한 동경과 로망마저 없다면 이 팍팍하고 스산한 세상을 어찌 견디겠는가 하는, 질문과 동시에 대답이다. 부단한 자기 검열이며 부끄러움처럼 극복해야 할 그 무엇일 거다. 닉스란드를 꿈꾸는 한.

주역을 알면
인생이 달라진다

_수필가 맹난자

죽음이여! 오라, 나는 여기에 있다

가족의 죽음이 이어졌다. 다섯 살 여동생의 죽음, 중학생이었던 남동생의 죽음, 그 앞에 정신 줄을 놓았던 어머니의 죽음까지. 폐병에 걸린 열일곱 살 소녀는 방문을 닫아걸고 원고지를 붙잡았다. 그리고 미 8군에서 주는 약을 한 주먹씩 먹으며 미아리 공동묘지에 누운 동생의 무덤을 찾아다녔다. 이십대 초반의 그녀는 죽음이 궁금했다. 오랫동안 '죽음'이라는 화두를 들었다. 불교에 심취했고 명리(命理)를 파고들었다. 눈에 보이는 것보다 보이지 않는 세계에 집중했고 귀곡자(鬼谷子) 선생처럼 사물을 꿰뚫어 알고 싶어 주역에 매달렸다. 세계 유명 작가의 묘지를 찾아 순례하며 그들의 죽음을 살폈고 배움을 위해서라면 호랑이굴도 마다하지 않았다. 그렇게 50여 년이 흘렀다. 불교와 주역이 서로 관통하여 연륜이라는 실에 꿰어졌다. 생사의 이치를 깨달은 초로(初老)의 선생은 눈빛이 순하다. 간이(簡易)다.

매주 수요일 아침이면 불교여성개발원에서 맹난자 수필가의 『주역』 강의가 있다. 학생들 대부분은 지천명을 넘긴 문필가들과 명상 수행자들로 빈자리가 없다. 문단에서 이미 주역의 대가로 불리는 선생의 강의를 기다린 사람들 때문이다. 세상이 온통 하얀 옷을 입은 겨울의 한복판, 조계사 맞은편의 빨간 벽돌집 카페 '아지오'에서 선생과 마주 앉았다.

"주역이란 한마디로 하늘과 땅의 준칙이며 그 중심 주제는 천, 지, 인의 관계를 살피는 우주와 인생의 문제입니다. 사람은 하늘과 땅과 천지의 도에 참여함으로써 삼재(三才)의 도를 완성하자는 것이고요. 그 핵심 사상은 음양 2원론으로 음이 극에 달하면 양으로 변(變)하고 양이 극에 달하면 음으로 화(化)하는 변화의 철학이자 상황의 논리이죠. 즉 음양의 소장(消長)과 교체를 기본으로, 때를 알아 천도의 질서에 맞게 사는 지혜를 가르치는 학문인거지요."

주역을 간단히 설명한 답이다. 주역에는 변역(變易), 불역(不易), 간이(簡易)가 있다. 일월영측(日月盈昃), 주야한서(晝夜寒暑), 생로병사 등의 현상은 잠시도 정지함이 없이 바뀌고 변화하니 '변역'이다. 그러나 이 가운데 변하지 않는 일정한 질서와 법칙이 있는데 이것이 '불역'이다. 즉 만물은 변화하지만 그 운행의 질서는 변치 않는다는 것으로 그 근거를 도라 하며 이치나 진리, 또는 태극이라고 한다. 변역과 불역의 이치에 따르면 쉽고 순해지는 '간이'에 이르는 것이다. "죽음이여! 오라. 나는 여기에 있다."고 한 헤세처럼, 화두가 풀린 선생에게선 쉽고 편안한 인자함이 출렁인다. 초승달 눈매에 형형함이 사라진 눈빛이며 넉넉한 품과 다정한 말투가 그렇다.

세계사에서 위대한 인물들은 주역을 어떻게 활용했는가

주역은 주나라 때 완성된 역(易)이다. 5,500년 전, 복희씨가 황하에서 나온 용마(龍馬)의 등에 있는 55개의 점선을 보고 천지창조와 만물생성의 이치를 깨달아 8괘라는 도형으로 기호화했다. 그 뒤 주나라 문왕이 낙수(洛水)에서 출현한 거북이의 등에 있는 그림을 보고 후천 8괘를 만들고 64괘에 말씀(卦辭)을 달았으며 그의 아들 주공이 384효에 말씀(爻辭)을 씀으로써 비로소 문자로 된 『주역』이라는 경문이 완성되었다. 그리고 700년 뒤 공자가 주역의 해설서인 10익(翼)을 첨부함으로써 철학서로서 자리매김하게 된 것이다.

"공자는 주역을 들어 천지의 모든 조화를 포괄하되 어긋남이 없다고 했어요. 이는 어떠한 법칙도 역의 원리를 벗어나지 않음을 뜻하

수필가 맹난자

지요. 그래서 동서양의 철학자, 작가, 학자 등 많은 사람들이 주역으로 짐을 치며 길을 물었답니다. 양자 역학의 아버지 닐스 보어가 발표한 원자 모델이나 로켓 발사의 원리는 낙서(洛書)의 9궁수를 확대 발전시켜 이끌어낸 것이고, 아인슈타인은 음양의 상대적 관점을 받아들여 상대성 이론을 완성했으며, 전자계산기, 컴퓨터, 로켓 발사의 원리도 모두 주역에서 가져온 것이지요. 하도(河圖) 낙서의 괘상과 수리로 해석된 상수역(象數易)은 병법, 사상의학, 천문학, 수학, 심리학, 물리학, 언어학, 미술, 음악 등과 연결되었고, 윤리적 관점에서 해석된 의리역(義理易)은 제자백가 사상의 근간이 되었지요."

주역이 인류 문명의 시초가 되고 복희씨를 인문시조(人文始祖)라 부르는 이유가 여기에 있다.

선생의 최근작 『주역에게 길을 묻다』엔 이렇듯 주역에게 길을 물어 인류의 등불이 된 20명의 대가들이 실려 있다. 주역의 산수몽괘와 화산여괘, 화풍정괘를 차용해 소설 『유리알 유희』의 근간으로 삼은 헤세, 주역을 '무의식을 의식화 시키는 도구요, 수천 년 동안 사용되어진 유일무이한 지혜의 서'라고 평가한 카를 융, 바쇼와 옥타비오 파스, 라이프니츠와 리하르트 빌헬름, 귀곡자와 공자, 노자, 주자 등, 그들이 자기 분야에서 주역을 어떻게 활용했는지, 그것이 현재 우리의 삶과 어떻게 이어지고 있는지를 책 속에서 만날 수 있다. 선생은 선반 위에 먼지 쓰고 앉아 있는 주역을 꺼내 대중에게 들려주고 싶었다고 한다.

"역이 점서(占書)임에도 불구하고 역경(易經)이라는 경전으로 대접받는 것은 닥쳐올 미래상황을 예견하여 인간으로서의 행동 규범과 윤리적 지침을 제시하며 시간과 공간을 초월한 진리를 담고 있기 때문이죠. 인간의 이기심으로 지구의 생태 환경이 위험에 처한 지금, 우리는 자연의 근원인 도에서 너무 멀어진 것이 아닌가 싶어요. 오천 년 지혜의 서(書) 주역이 그 등불이 되길 바라며, 주역이 점이나 치는 하찮은 책이라는 인식의 틀을 깨고 자기의 성(誠)을 실천하여 천지의 도와 합치되는, 성인(聖人)이 되는 자기 계발서로서 활용되기를 바라는 마음입니다."

무구(無求)면 무고(無苦), 유구(有求)면 유고(有苦)

어린 시절 선생은 5천여 권의 책이 있던 아버지의 서재에서 괴테와 바이런의 시를 읽으며 자랐다. 작가가 되고 싶었던 아버지는 『경찰사』라는 책을 집필한 학구적이고 문학적인 경찰관이었다. 책에 서문을 써줄 정도로 총애를 받았던 신익희 씨가 암살되고 의성경찰 서장으로 있던 아버지는 자유당 정권의 탄압에 옷을 벗었다. 중학교 2학년 여름방학, 집에는 온통 빨간 딱지가 붙었다. 가난이 닥쳤고 피란 중에 잃은 여동생에 이어 집안의 가장인 남동생이 뇌염으로 세상을 떠났다. 아버지는 집을 줄이느라 책을 내다 팔았고, 어머니는 심한 우울증으로 모르핀을 찾았다. 고등학교 2학년, 폐병에 걸린 사춘기 여학생은 글을 쓰기 시작했다. 그 결과 이화여대 문예 콩쿠르에서 희곡이 당선되어 직접 연출한 연극을 학교 무대에 올렸다. 이것을 인연으로 대학 입학 후 극단 '실험극장'의 창립 멤버가 되었다.

고등학교 3학년, 황진이의 「동짓달 기나긴 밤을 한 허리에 둘러내어」에 답시를 쓰는 시조대회에선 이은상 시인으로부터 "진랑(眞郞)이 구천에서 기뻐하겠다. 앞날을 기대할 만한 재원이다."라는 칭찬을 들었다. 이화여대 국문과 1학년, 삼선교에 있는 정각사에서 법회를 주최하며 금강경 공부를 시작으로 불교에 입문했다. 당시 조계사에서 만난 고은 시인과는 지금껏 오랜 지기로 이어지고 있다. 대학교 3학년, 생계를 위해 휴학을 하고 서울시청 공무원이 되었다. 좋아하는 문학도, 연극도, 공부도 모두 내려놓아야 했던 절망적인 자리에서 선생을 일으켜 세운 것은 '한 말씀'이었다.

"구하는 것이 없으면 고통도 없고 구하는 것이 있으면 고통이 따른다는 '무구(無求)면 무고(無苦), 유구(有求)면 유고(有苦)'라는 김동화(金東華) 선생의 말씀을 듣는 순간 모든 번뇌, 고통, 멍울이 일시에 무너지는 것을 경험했지요."

스물한 살의 처녀가 어떻게 살아야 할지를 깨달은 순간이다. 이후 불교의 대선지식인 선사들을 찾아다니고 동국대학교 불교철학과를 섭렵하며 주역의 문을 두드리게 되었다.

"하늘이 액(厄)을 주시거든 나는 도를 형통하여 그것을 뚫으면 하늘인들 또 어쩌랴는 각오로 '형오도(亨吾道)'를 위한 발걸음이었죠. 그중에서도 내 마음을 사로잡은 것은 주역을 알면 생사의 이치를 알 수 있고 귀신의 정상까지도 알게 된다는 구절이었어요. 오랫동안 '죽음'이라는 화두에 매달려 있던 때였거든요."

『남산이 북산을 보고 웃네』, 『그들 앞에 서면 내 영혼에 불이 켜진다』는 그 오랜 탐구의 결실들이다. 동서고금의 위대한 인물의 최후와 세계 유명 작가 52명의 묘지를 직접 찾아다니며, 다양한 죽음의 모습과 그들의 철학과 사생관(死生觀)을 담아 낸 책이다. 주역에서 깨달았다는 생사의 이치가 궁금하다.

"삶은 세상에 잠시 몸을 맡기는 것이요, 죽음은 다시 되돌아가는 것이라는데 그렇다면 어디로 돌아가는지 궁금했어요. 주역에선 하나인 태극이 음과 양을 낳고 우주만물은 이를 근원으로 나왔다가 소멸되어선 본래의 태극으로 돌아간다고 하지요. 화담 선생은 사람이 죽어 흩어짐은 형체만 흩어질 뿐이요, 담일청허한 기운의 뭉침은 끝까지 흩어지지 아니하느니 삶과 죽음, 사람과 귀신이란 다만 기의 뭉침과 흩어짐뿐이라고 했어요. 저는 비로소 생이란 한 조각 구름이 일어남이요, 죽음이란 한 조각 구름이 사라짐이라는 의미를 알 수 있었지요."

결국 죽음이란 천변만화하는 자연계의 현상일 뿐, 시작도 끝도 없는 그 하나의 본체는 없어지지 않고 다만 태극으로 돌아가는 것이니 이것을 만법귀일(萬法歸一) 일귀하처(一歸何處)라 했던가

"의상 스님은 간다간다 하지만 본래 그 자리요(行行本處). 이르렀다 이르렀다 하지만 떠난 그 자리네(至至發處)라고 원시반종(原始反終)과 생사불이의 이치를 설파하셨어요. 봄을 찾아 온 들판을 헤매 돌던 나그네가 제 집 마당에 핀 매화나무에서 봄을 보듯 고희를 넘긴 이제서야 가까운 내 몸 안에서 태극을 봅니다." 변(變)하고 화(化)하는 음양의 이치가 존재의 이치이며 생사의 이치인 것이다. 일찍이 삶도 없고 죽음도 없다던 장자의 말이 겹쳐진다. 주역 강의를 통해 선생

이 전하고자 하는 것은 무엇인지를 물었다.

지극한 성실(誠實)은 신명(神明)과 통한다

"주역은 운명을 점치는 점술의 차원이 아니라 자연의 이치를 밝히고 자신을 성찰하는 학문의 하나입니다. 삿된 것을 막고 성실함을 지켜서 성인의 경지에 이르는 데 학문의 뜻을 두어야 하지요. '천하의 수(數)는 이치에서 나온다. 이치에서 멀어질수록 술수로 들어간다. 세상 사람들은 수로 술수에 들어가기 때문에 이치에 들어가지 못한다.'고 소강절 선생이 말씀하셨어요. 이치는 정직과 성실을 통해 도달할 수 있습니다. 지성여신(至誠如神)이죠. 주역을 통해 강조하고 싶은 것은 허령무사(虛靈無私)하고 공평정대한 건도(乾道)의 가르침입니다. 인생에서 가장 중요한 정직과 성실을 실천하고 허물을 줄여서 하늘의 덕성과 합치되는 그런 사람이 되자는 것이지요. 주역의 다른 이름이 마음을 닦는『세심경』인 것도 이러한 이유 때문입니다."

선생의 강의를 듣는 백임현 수필가는 이렇게 말한다.

"주역은 혼자 독학으로 공부하려면 너무 어렵고 심오한 철학인데 맹 선생님이 오래 수학한 결과 터득한 요점과 원리를 쉽게 설명해주시니 머리에 쏙쏙 들어옵니다. 특히 성현들의 고사와 자신의 체험을 인용하니 흥미롭고, 주역이 우리의 삶 속에 어떤 것들이 어떻게 원용되고 작용하는지 일러주실 때마다 놀랍고 유익해서 시간가는 줄도 모르겠어요. 주역이 고도의 철학이고 수양서이며 세상에 대한 인식과 존재의 원리를 통찰하게 하는 학문이라는 것을 배우며 삶의 자세를 가다듬게 되었지요." 또한 민명자 문학평론가는 "나가고, 멈추고, 물러설 '때'를 배우는 주역을 통해 인생 공부를 제대로 하는 것 같아요."라 하며, 유하진 명상가는 "우리의 몸이 우주이고 태극이고 빛임을 논리로 깨닫게 되는 공부"라고 한다.

　공부를 하며 하나씩 깨달아 갈 때, 이치가 삶 속에서 어떻게 작용하는지 확인될 때, 선생은 그것이 비록 함정이고 고통일지라도 짜릿함을 느낀다니 공부에 대해선 가히 타의 추종을 불허하는 열정이다. 이것이다 싶으면 온몸으로 뛰어들었다는 분. 오래 전, 선생의 형형한 눈빛을 사로잡은 스승들은 누구였을까. "유난히 선생님 복이 많았어요. 불교에선 김동화 선생님, 문학에선 김구용 선생님, 명리에선 박재완, 유충엽 선생님, 주역에선 서정기 선생님을 빼놓을 수 없지요. 큰 산맥 같은 소설가들, 아름다운 호수 같은 시인들, 깊은 골짜기 같은 철학가들 모두 존경하지만 특히 시인 도연명을 좋아해요. 극도의 빈한 속에서도 고궁절(固窮節)을 지킨 그의 삶은 사람이 도달할 수 있는 최고의 경지가 아닐까 해요."

그녀의 태극이 웃는다

구름 사이로 언뜻언뜻 해가 비칠 때, 탈고 뒤 공복처럼 심신이 텅 비어 있을 때 살아있다는 행복감을 느끼며, 중학생이었던 남동생을 낯선 공동묘지에 묻고 혼자 돌아올 때, 인생에서 가장 슬픈 순간이었다고 회상하는 선생의 뒤편으로 한낮의 해가 기운다.

"생의 막히는 길목에서 도를 찾아 발심했으니 불우함도 감사한 것이지요. 그동안 위대한 영혼들과의 만남 또한 고단한 이 생을 의미 있게 해주었고요. 이젠 집을 세우기엔 기둥이 허약해 졌어요. 내일을 장담할 수 없는 나이에 이르렀으니 자연의 일부로 돌아갈 날을 기다립니다." 옛 성현의 말씀과 언행을 본받아 자신의 인격을 완성해 나가는 산천대축 괘. 이 괘를 타고난 선생은 동서양의 작가와 철학자들을 탐색하고 연구하며, 주역과 불교를 기본으로 학문에 매진하여 수필이라는 장르를 통한 문학 세계를 세우고, 생사를 초월한 자리에서 후학을 위해 나아갈 바를 가르치고 있는 것이다.

허공을 나는 새처럼 가벼워지고 싶고, 틈틈이 고마운 이들에게 감사의 인사를 나누고 싶은 게 소망이라는 선생의 이마로 한 줄기 빛이 스쳐 지나간다. 주역 강의 또한 그것에 다름 아니라며 마주치는 얼굴들마다 마음속으로 작별 인사를 건넨다는 말에 마치 내가 작별 인사를 듣기라도 한 듯 눈시울이 뜨거워진다. 그녀의 죽음에 대한 천착은 부서질 것 같은 삶을 건실하게 살고픈 의지였으며, 아름다운 이별을 위한 것이었으니…… 죽음이란 얼마나 위대한가. 죽음이 있어 삶이 완성된다.

구도자로서 수필가로서 지극한 성(誠)을 실천해 온 삶이다. 밝아진 마음자리는 자연을 닮았다. 순하고 편한 곁자리로 후학들이 모인다. 관여(觀如) 맹난자 선생.

그녀의 태극이 잔잔하게 웃는다.

지은이 **정진희**

1959년 서울에서 태어나 배화여고와 한국방송통신대학 국어국문학과를 졸업하였다. 2007년 『에세이플러스』로 등단하였으며, 저서로 고은, 김주영, 권지예, 전경린, 정호승, 조정래, 함민복 등 시대와 소통하는 작가 26인과의 인터뷰 모음집 『외로운 영혼들의 우체국』이 있다. 현재 『한국산문』 발행인이며 한국산문작가협회 회장, 국제펜클럽한국본부 회원, 한국문인협회 회원, 한국여성문학인회 회원으로 활동하고 있다. 2010년 한국산문문학상, 2013년 에세이스트 올해의 작품상을 수상하였다.

우즈 강가에서
울프를 만나다

2015년 8월 20일 초판 1쇄 발행
2016년 12월 15일 초판 2쇄 발행

지은이 | 정진희
펴낸이 | 권오상
펴낸곳 | 연암서가

등 록 | 2007년 10월 8일(제396-2007-00107호)
주 소 | 경기도 고양시 일산서구 호수로 896, 402-1101
전 화 | 031-907-3010
팩 스 | 031-912-3012
이메일 | yeonamseoga@naver.com
ISBN 978-89-94054-73-5 03810

값 15,000원